国际动物小说品藏书系

动物英雄

沈石溪◎主编

[加]欧内斯特·汤普森·西顿 著

路文彬 贺如文 译

时代出版传媒股份有限公司
安 徽 少 年 儿 童 出 版 社

图书在版编目(CIP)数据

动物英雄 / 欧内斯特·汤普森·西顿著; 路文彬，贺如文译. — 合肥：安徽少年儿童出版社, 2016.1(2024.1 重印)
(国际动物小说品藏书系 / 沈石溪主编)
ISBN 978-7-5397-8601-8

Ⅰ. ①动… Ⅱ. ①欧… ②路… ③贺… Ⅲ. ①儿童故事 – 长篇小说 – 加拿大 – 现代 Ⅳ. ①I711.84

中国版本图书馆 CIP 数据核字(2015)第 301516 号

沈石溪　主编
欧内斯特·汤普森·西顿 / 著
路文彬　贺如文 / 译

GUOJI DONGWU XIAOSHUO PINCANGSHUXI DONGWU YINGXIONG
国际动物小说品藏书系·动物英雄

出 版 人:李玲玲　策　划:何军民　阮　征　责任编辑:宣晓凤　阮　征
责任校对:于　睿　责任印制:朱一之
出版发行: 安徽少年儿童出版社　E-mail:ahse1984@163.com
新浪官方微博:http://weibo.com/ahsecbs
(安徽省合肥市翡翠路 1118 号出版传媒广场　邮政编码:230071)
出版部电话:(0551)63533536(办公室)　63533533(传真)
(如发现印装质量问题,影响阅读,请与本社出版部联系调换)
印　制:阳谷毕升印务有限公司
开　本:635mm×900mm　1/16　印　张:14　字　数:135 千字
版　次:2016 年 1 月第 1 版　2024 年 1 月第 6 次印刷

ISBN 978-7-5397-8601-8　定价:39.80 元

动物小说的灵魂

沈石溪

20世纪上半叶，西方生物学派生出一门新的边缘学科——动物行为学。传统生物学与动物行为学在学术观念、观察角度、研究手段和考察方法等方面都有显著差异。传统生物学注重被研究者的共性，热衷于调查物种的起源、种群分布的情况，给形形色色的动物分门别类，根据动物的生理构造和特化器官，确定该归入什么纲什么目什么类什么科什么属；分析动物的食谱，解释某种动物与某种环境的依存关系；观察动物的发情时间与交配方式，了解动物的繁殖机制等。动物行为学家对动物的社会结构、情感世界和个体生命的表现投入了更多的研究热情，透过动物特殊的行为方式，从生存利益这个角度，来寻找产生这些行为的原因；在研究动物行为的同时，其严肃理性的目光也注视人类行为，在动物行为与人类行为间勾画出一条清晰可辨的精神脉络，给人类以外的另类生命带去温暖的人文关怀。

我喜欢读动物行为学方面的书。每当偷得浮生半日闲，躺在摇椅上，捧一杯清茶，翻开奥地利动物学家、诺贝尔生理学或医学奖获得者、动物行为学创始人康拉德·劳伦兹的《攻击与人性》，或者浏览美国生物学家、动物行为学先锋斗士E.O.

威尔逊的名著《昆虫社会》,或者阅读西方最负盛名的动物行为学家罗伯特·杰伊·罗素的力作《权力、性和爱的进化——狐猴的遗产》,总是深深被大师们严谨的作风、渊博的知识、犀利的目光、翔实的资料、风趣的语言和无可辩驳的论点所折服,心灵上受到强烈震撼,精神上产生巨大共鸣。我相信,动物行为学具有无限广阔的发展前景,能找出人类行为发生偏差的终极原因,是医治人类社会种种疾病的灵丹妙药,为人类把握正确的进化方向提供了牢靠的坐标。

这也许是我个人的偏爱,有点言过其实了。可动物行为学家们通过长期观察动物生活得到的许多例证,确实对人类社会具有振聋发聩的作用。

例如,关于大熊猫为什么会濒临灭绝,一般认为有两个原因:一是人类大量开荒种地破坏了大熊猫的生存环境,二是大熊猫食谱单一,只吃箭竹,属于适应性较差的特化动物。但动物行为学家却另辟蹊径,经过大量调查研究后认为,大熊猫濒临灭绝除了环境和食谱因素外,还有另外两个原因:第一,大部分动物都有巢穴,尤其是母动物产崽期间都要寻找一个隐蔽安全的地方当作自己的窝,而大熊猫是典型的流浪者,头脑中没有“家”的概念,它们追随食物四处游荡,吃到哪里睡到哪里,产崽育幼期的母熊猫也同样如此,颠沛流离的生活对刚刚出生的幼崽来说显然是有害无益的,风餐露宿,再加上食肉兽的侵害,幼崽存活的概率很小;第二,丛林里凡生存能力不是特别强,而幼崽又要经过很长一段时间精心养育才能独立生活的动物,如狼、豺、狐、獾、鼠和鸟类等,大多实行双亲抚养制，雄性和雌性厮守在一起，共同养育后代，而大熊猫生性孤僻，雌雄间感情淡漠，只有性，没有情，发情时雌雄凑合在一块做一回露水夫妻，完事后各奔东西，谁也不认识谁，清一色的单亲家庭，母熊猫单独挑起抚养幼崽的重担，母熊猫通常一胎产双崽，但过的是没有窝巢的流浪日子，不可能一条胳膊抱一只幼崽走路，又没有配偶替它分担困难，只有在两只幼崽中挑选一只抱走，另一只幼崽就被遗弃荒野了。单身母亲的日子过得很艰难，遭遇危险时找不到帮手，头疼脑热得不到照应，稍有不慎，唯一的幼崽便会夭折，繁殖后代、延续生命的链条就此断裂。

反观人类社会，许多人不珍惜温馨的家，把家看作累赘，把家看作牢狱，弃家不顾、离家出走、天涯飘零，去过所谓的潇洒生活，面对大熊猫濒临灭绝的事实，难道还不该及时醒悟吗？再看如今社会上越来越多的单亲家庭独木难支的困窘，是不是也该从大熊猫生存路上艰难的步履里吸取某种教训？

在动物面前，人类常常犯自高自大的错误。人类有一种根深蒂固的偏见，总认为自己是高等生灵，动物都是低等生灵；自己是天地间的主宰，动物是任人摆布的畜生。不错，人类是地球上进化得最快的一种动物，会直立行走，会使用语言文字，用勤劳的双手和智慧的头脑创造出了无与伦比的现代文明。然而，人是由动物进化来的。地球上存在生命已有数亿年时间，人类的历史不过几千年，人这种动物在进化成人以前曾经过漫长的动物阶段，动物的本能、本性在人类身上根深蒂固，人类不可能在几千年短暂的进化过程中就把在数亿年中养成的动物性荡涤干净。科学家证实,文化属性与生物属性是构成人的行为的两大要素。人的一部分行为受制于社会大文化,传统势力、伦理道德、风俗习惯、政治说教、宗教戒条、法律法规、民情民风、乡规民约不断修正和规范你的所作所为,迫使你去做这件事而不去做那件事,这就是人类行为的文化动因。人的另一部分行为受制于生物本能,贪婪好色、权欲熏心、天性好斗、自私自利、妄自尊大、好逸恶劳、贪图口福、嫉妒心理等负面因素又时时让你产生难以抑制的冲动,驱使你去做那件事而不去做这件事,这就是人类行为的生物动因。假如某人的行为既出于合理的生物本能,又符合社会大文化的要求,他就是一个真实自然的好人;假如某人完全抑制生物本能去迎合社会大文化的苛刻要求,存天理灭人欲,他就是一个虚伪矫情的假人;假如某人放纵生物本能,弃社会大文化于不顾,他就是一个凶残狠毒的坏人。有一种观点认为,人类一半是天使一半是魔鬼,讲的就是这个道理。

动物行为学剖析发生在动物身上有利于生存的、合理的、善的行为准则,让人类学习借鉴,变得更像天使;揭示发生在动物身上不利于生存的、荒谬的、恶的行为准则,让人类铭记教训,更自觉地远离魔鬼。

曾有某药物研究所做过这么一个令人发指——不——是令动物发指的实验:为了证实某种戒毒药物是否有效,人们给一只红面猴注射了毒品(这实验本身就证明了人类对待动物是何等霸道、残忍和阴险。人类自己心灵扭曲得还不够,自己被海洛因毒害得还不够,还要把罪恶强加在无辜的动物身上）。两三次后，可怜的红面猴就成了吸毒者，一见到穿白大褂的管理员，立刻就会从铁笼子里伸出手臂，哀哀叫啸，恳求人们替它在静脉血管上打针。倘若人们不满足它的要求，它就会用自己的脑袋撞铁笼子，撞得头破血流也在所不惜；假如还不能达到目的，它就咬自己的爪子和身体，把自己咬得满身血污。一旦人们掏出注射器，它就会跪伏在地下，猴嘴从铁栏杆间伸出来，谄媚地亲吻管理员的裤腿和鞋。过去它在动物园生活时曾被热水瓶烫过一下，由于条件反射，平时最怕看见热水瓶了，远远看见有人提着热水瓶走过来便会吓得躲起来。有一次它毒瘾发作，手臂从笼子里伸出来，工作人员提着热水瓶来吓唬它，它竟然无动于衷，将开水淋在它的手臂上它也不肯把手臂缩回去。这只雄红面猴被买来做实验品前，曾与一只雌红面猴相好。据动物园的饲养员介绍，这对红面猴青梅竹马、卿卿我我，感情很甜蜜。饲养员把那只雌红面猴牵了来，把雌雄两只猴子关进同一只铁笼子，希望能由此减弱雄红面猴对毒品的过分依赖。它们分开也不过二十来天，天涯苦相思，意外又重逢，正所谓“小别胜新婚”，那雌红面猴见到雄红面猴，激动得浑身颤抖，恨不得立刻与之紧紧拥在一起，但雄红面猴却面无表情，冷冷地瞥了对方一眼，就像看到一只陌生猴一样没有任何反应。过了一会儿，雄红面猴毒瘾上来了，哈欠连天，鼻涕口水滴滴答答，抓住铁栏杆使劲摇晃，发出哀叫声。管理员从甬道走过来，雄红面猴迫不及待地将手臂从铁笼子里伸出去。雌红面猴出于好奇，也趴在笼壁上看热闹。雄红面猴大概以为雌红面猴要同自己争抢毒品，勃然大怒，揪住雌红面猴，穷凶极恶地大打出手，下手比打冤家还狠，啃下一口口猴毛，抓出一道道血痕。要不是管理员闻讯赶来，打开铁门救出遍体鳞伤的雌红面猴，后果不堪设想。雄红面猴被人类强行注射毒品后的行为表现，与人类社会的瘾君子如出一辙，丝毫没有区别，同样丧失理智、丧失人格、丧失自尊，感情冷漠，道德沦丧，成为一具地地道道的行尸走肉。

实验的结果颇出人意料又耐人寻味，戒毒药物也不起什么作用。由于过量注射海洛因，雄红面猴奄奄一息，整整两天不吃不喝，有气无力地躺在地上，眼皮耷拉着，连叫都叫不出声了，只有那条布满针眼的手臂还顽强地伸出铁笼子，手掌朝上，瑟瑟发抖地做乞讨状。药物研究所决定给它注射最后一针大剂量毒品，减少它临终前的痛苦，让它在虚幻的快感中结束生命，也算是人类的一种仁慈；同时也决定，将那只雌红面猴牵来继续做相同的实验。

拿着注射器的管理员和那只雌红面猴几乎同时来到铁笼子旁。雄红面猴混浊的眼光落在雌红面猴身上，就像快要燃尽的炭火被风一吹又短暂地烧旺，那双垂死的眼睛里骤然发出一道骇人的光芒。就在管理员的针头快要刺进雄红面猴静脉血管的那一瞬间，雄红面猴奇迹般地"复活"了，它伸出铁笼子的前爪突然抓住管理员的手腕，把那手腕拖进铁笼子里去，张开嘴，一口咬住管理员的手掌。管理员撕心裂肺地惨叫起来，那只灌满毒品的注射器掉在地上，摔得粉碎。人们赶紧来帮管理员，七手八脚地强行将猴嘴撬开。雄红面猴已经气绝身亡，那双猴眼却还瞪得溜圆，一副满腔怨恨、死不瞑目的可怕模样。雄红面猴在生命的最后一刻幡然醒悟，天良发现，为了抗议人类的暴行，也为了不让自己所爱的雌红面猴步自己的后尘，做出了一只垂死的猴子所能做出的反抗行为。较之人类社会那些执迷不悟、心甘情愿地在毒品的泥潭里越陷越深的瘾君子和那些为了自己发财致富而不惜将千家万户推入“火坑”的毒贩子，雄红面猴似乎更配“人”这个高贵的称呼。

人和动物之间并不存在不可逾越的鸿沟，人和动物之间的差别也并没有我们想象的那么大。在某些领域，人和动物的差距是微乎其微的，仅仅隔着一根头发丝的距离。稍有不慎，人就有可能变得像动物一样，甚至还不如动物。

我们只要用心去观察，就不难发现，在情感世界里，在生死抉择关头，许多动物所表现出来的忠贞和勇敢，常常令我们人类汗颜，让我们自愧弗如。

这就是动物小说的灵魂，这就是动物小说能超越时间和空间，为世界各地不同民族、不同肤色的一代又一代读者所喜爱的原因。

是为序。

目　录

告 读 者

英雄是一种有着非凡天赋和成就的个体。不论人类还是动物,这个定义都同样适用;也正是这样的故事才对听者富有极大的吸引力。

本卷故事中的每一个英雄,尽管或多或少有创作想象的成分,但却都是基于现实生活中的某个动物英雄的实际经历来完成的。创作想象最多的是“白驯鹿”。这篇故事是于1900年的夏季在挪威乌特罗旺德写成的,当时,可以看见一群驯鹿正在附近的高地上吃草。

“猞猁”则基于我自己早年在蛮荒林区的一些经历。

我写这些故事时距离“小战马”赢得它的英雄王冠还不到10年。数以千计的“卡斯卡多恩人”都不会忘记它,它狩猎的英勇功绩被以“战马”的名义刊登在了好几家日报上。

想象成分最少的要算是“信鸽阿诺克斯”的故事了。它几乎完全是真实的,几个了解这只飞禽的人还额外补充了几条信息。

如今,那只富于杀伤力的游隼留下的老巢和它的主人及其幼崽一起，这些可以在纽约的美国自然历史博物馆里看到。这家博物馆的负责人告知我，在这个隼巢里发现了几个标有以下号码的信鸽徽章：9970-S、1696、U.63、77、J.F.52、Ex.705、6-1894、C20900。也许，某些信鸽爱好者可以从这些线索里，知道那些久久“未归”的神奇飞行者的命运了吧。

贫民窟小猫咪

一

“肉——嘞！肉——嘞！”的叫卖声刺耳地在吝啬鬼胡同里传开了。这无疑就是汉姆林的花衣笛手[1]莅临此地，因为似乎附近所有的猫儿们都朝着这吆喝声奔过来了，不过那些狗儿们却是一脸的不屑和漠不关心。

“肉嘞！肉嘞！”的吆喝声愈发响亮了，只见一个推着一辆手推车、粗鲁又脏兮兮的小个子男人出现了。他的身后还尾随着二十几只猫，猫儿们用差不多和他一样的嗓音应和着他的叫喊。每隔五十码远的距离，也就是等一大群猫聚集起来的时候，手推车就会停下。这个嗓音富有魔力的男人会从推车的盒子里取出一根扦子，扦子上串着几块喷香的熟猪肝。他用一根长杆把那几块猪肝扒拉到地上，每只猫抓上一块就调过头去，微微耷拉下耳朵，像头小老虎

①比喻极富魔力或吸引力、有很多追随者的人。源自中世纪传说，讲的是一位魔笛手通过笛声将普鲁士汉姆林镇所有老鼠引入河中淹死，从而解除了该镇的鼠疫；可由于没能得到当初所承诺的报酬，便又用笛声将镇上的孩子全部拐走。

般地咆哮着、瞪着眼，然后带着自己的战利品，跑到某个安全的隐蔽之处狼吞虎咽一顿。

“肉嘞！肉嘞！”猫儿还在赶来领取属于自己的那一份。肉贩子熟知所有的猫：那是凯斯蒂格利恩家的“老虎”，这是琼斯家的“黑子”；那是普瑞利茨基家的“淘客赛尔”[①]，这是丹通夫人家的“白白”。在那里鬼鬼祟祟的是布伦金绍夫家的“麦芽儿”，正往独轮车上爬的是索耶家的“老橙子比利”——一个从来就没有任何财政支持的厚颜无耻的骗子。所有这些都得记牢并清清楚楚地写在账面上。这一只的主人已确实付了账，一周一角银币，那只的账目还有些可疑。约翰·沃西家的猫，仅仅得到了一小块肉，因为约翰·沃西尚有欠账未还。然而，酒吧老板那只带着项圈和缎带的会捉老鼠的猫，却额外得到了一大块肉，因为这位酒吧老板付起账来很大方。而那位送货员的猫，主人并没有付现金，却因为肉贩子心甘情愿，也得到了非同寻常的关照。而其他的有些猫，比如那只长着白鼻子的黑猫，信心满满地同其余的猫儿们狂奔过来，所得到的却仅仅是野蛮的驱逐。哎呀！猫咪不大明白这是为什么。几个月它都是这独轮车的食客，为啥今天会被驱赶呢？这真让它无法理解。但肉贩子却明白得很，它的女主人已经停止了付账。肉贩子的记性从来就没有出过差错。

在这幸运的四百只固定食客之外，还有其他的猫儿们

①毛色为黄褐黑白相间的家猫。

只能徘徊在这辆手推车的周围，因为它们都不在那份食客名单里，然而，它们却被那诱人的美味强烈地吸引着，渺茫地寄望于偶然好运的降临。在这些游荡者之中，有一只瘦小的灰色贫民窟里的居民，这是一只无家可归的猫，仗着它的聪明才智在不太干净的屋檐下生活。人们一眼就能够看出来，它正在远离街道的某个角落里寻找食物。它一边留心着独轮车的行驶路线，一边盯着那些狗。它眼睁睁地看着二十几只幸福的猫衔着美味的食物，一副如狼似虎的样子，可就是没有它的份儿。终于，它猛然跳起扑向了一只小食客，意在强取豪夺。为了保护自己免遭敌人的攻击，这只小猫丢掉了到嘴的肉块，灰色的贫民窟居民瞅准机会，赶在肉贩子介入之前，叼起地上的战利品便溜之大吉。

它穿过人家边门上的小洞，翻过后墙，然后坐下来吞掉那块猪肝。它舔净嘴巴，心满意足，然后绕道一条偏僻的小路向垃圾场走去。那儿，在一个用装饼干的箱子做成的窝里，它的家人正等待着它。这时，一阵“喵喵”的哀鸣传到了它的耳朵眼里。它加快脚步赶到饼干箱，看到一只高大的“黑汤姆”猫在不慌不忙地残害着它的孩子们。黑汤姆足足有它的两倍大，但它还是拼尽全力冲到黑汤姆的面前。黑汤姆像大多数被抓到现形的罪犯一样，扭头就跑。窝里仅幸存了一只小猫，小东西长得很像它的母亲，只是身上的毛色更加显眼，灰色之中缀满黑点，鼻子、双耳和尾巴尖却带着一抹白。毫无疑问，母亲的悲伤持续了好几天，但是悲伤过后，它把所有的关爱都给予了这个幸存者。没过多久，母猫和她的小宝贝的状态都明显好转了。每天的问题依然是寻找食物。指望肉贩子很少能弄到吃的,但好在还有垃圾桶,即便那里提供不了肉食,至少也能保证供给一些土豆皮之类的。

一天晚上,猫妈妈闻到了一股奇妙的气味,那气味来自胡同尽头的东河。新气味总是得调查清楚的,既吸引人又不曾闻过的气味,其实往往就意味着一顿佳肴。顺着气味,猫咪来到了位于一条街区之外的码头上,夜色笼罩下的码头什么都看不见。突然出现的一声咆哮和一阵匆忙的脚步声,让它意识到自己已被盯上——一只码头狗切断了去路。它从码头跳到了一艘船上,那股气味正是从这里散出来的。码头狗是再也不可能追上了,就这样,当这艘渔船清早起航时,猫咪也只能毫不情愿地随之而去,从此再也没有谁见过它。

二

贫民窟小猫咪徒劳地等待着它的妈妈。一整天过去了,它饥肠辘辘。傍晚时分,一种深藏的本能驱使它前去找寻食物。它悄悄溜出破纸箱,在垃圾丛里默默探路前行。它闻遍了每样看起来可以吃的东西,却没有找到什么可食之物。最后它来到了一处木台阶前,顺此而下,可一路通往杰普·麦利的地下鸟室。鸟室的门虚掩着,小猫不慌不忙地走了进去,里面臭气熏天,怪味弥漫,随处可见被关在笼子里的动物们。一个黑人正懒洋洋地坐在角落里的一个箱子

上。他看见了这个小小的不速之客，好奇地观察着它。它则不慌不忙地从一些兔子的身边走过，兔子们却丝毫没有留意到它。它来到一个有着宽宽木栅栏的笼子跟前，住在里面的是一只狐狸，这位拥有一条浓密尾巴的绅士正远远地躲在笼子的一角，低低地蜷伏着身子，眼放幽光。小猫咪溜达着走上前去，闻了闻，爬到栏杆上，把脑袋伸了进去，再次闻了闻，随即朝喂食的盘子走去，结果被那只蜷伏着的狐狸一个闪身给抓住了。小猫咪发出一阵“喵喵”的惊恐叫声，但狐狸只是那么一晃便掐断了它的叫声。虽说猫有九条命，可要不是黑人及时赶来营救，它这下子也准该完蛋了。黑人没什么武器，也钻不进笼子里去，不过，他用了极大的气力朝狐狸脸上啐了一口，倒使狐狸丢掉了这只小猫咪，回到角落，坐在那里既郁闷又害怕地眨着眼睛。

黑人把小猫咪从笼子里拖了出来，小猫咪看上去没有受伤，但是头晕得厉害。它踉踉跄跄地转了一阵子圈圈，才慢慢恢复了过来。几分钟后，它趴在黑人的膝盖上发出了高兴时常有的那种咕噜声，显然是已无大碍。这个时候，鸟商杰普·麦利回到了家里。

杰普·麦利并不是东方人，而是一个血统纯正的伦敦佬；但是，在他那圆滚滚、胖嘟嘟的脸上，那对眼睛眯成了一条小缝，这使得人们用传神的“杰普”（杰普有日本佬的意思）来称呼他，而忘记了他的真实姓名。杰普对鸟兽并不是特别地友善，它们的销售收入是他的生计来源，只是他的眼睛只盯紧了赚钱的机会，他清楚自己想要的是什么。

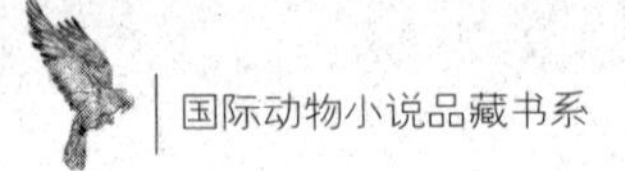

他可不想要一只来自贫民窟的小猫咪。

黑人让小猫咪吃了个饱，然后把它带到远处的一个街区，扔进了附近一个铁栅栏围成的院子里。

三

这一顿饱饭相当于任何一只猫两到三天的饭量需求，在囤积了足够的热能和力量后，小猫咪变得生机勃勃。它围着一堆垃圾散起了步，向远处悬挂在高高窗户上的金丝雀鸟笼投去好奇的几瞥。它爬到栅栏上偷眼望去，发现了一条大狗，于是又一声不响地爬了下来。不一会儿，它发现了一处阳光充足的避难所，就躺下来睡上一个钟头。一阵轻微的鼻息惊醒了它。站在它面前的是一只眼放绿光的大黑猫。粗大的脖子和方正的下巴正是汤姆猫的特征，它的脸上有一块疤，左耳朵也被扯破了。它的样子看起来相当不友好，双耳向后微动着，尾巴甩起来，喉咙里发出微弱低沉的咆哮。小猫咪天真地向它走过去。汤姆猫在一根木桩上蹭了蹭下巴两边，然后不声不响、慢慢吞吞地转身消失了。小猫咪看到的最后一眼就是那来回摇动着的尾巴梢儿。贫民窟里的小猫咪还没有意识到，它今天再次与死神擦肩而过，恰似它冒险闯进狐狸笼子里的那回。

夜幕降临，小猫咪开始感到饥饿。它仔细嗅察着风儿捎来的各种气味，然后选择最感兴趣的那一股气味，靠着鼻子的引导追寻而去。铁栅栏围成的院子的角落里有一个垃圾箱,它从中找到了一些足以充当食物的东西,而且水龙头下面还有一桶水。

整个晚上它都在闲逛,了解铁栅栏院子里的主要行走路线。第二天,它像往常那样睡了一整天。日子就这么过去了。有时它会在垃圾箱里觅得一顿美餐,有时则是一无所获。一次,它发现了大个子黑汤姆,不过在被黑汤姆发现之前,它先小心翼翼地撤退了。那个水桶通常都搁在原地不动,如果不在了,石头下面还有些泥泞的小水洼可以解渴。可垃圾箱却很不可靠,甚至它曾一连三天都没能从那里找到食物。为了食物,它沿着高高的栅栏去寻觅,发现了一个小洞,爬出来后,它发觉自己来到了外面的大街上。这是一个新世界,可它还没走多远,就听见一阵嘈杂、低沉的奔跑声——一条大狗连蹦带跳地跑了过来,弄得小猫咪差点儿来不及跑回栅栏上的那个小洞里去。它实在是饿极了,不过幸运的是它竟然发现了一些陈土豆皮,这使它的饥饿感稍稍得到了一点儿缓解。到了早晨,它不再睡觉,而是潜行去搜寻食物。院子里落着些唧唧喳喳的麻雀,它们经常在这里,但此刻却被新来的小猫咪看上了。持续的饥饿难耐激发出了小猫咪野性的猎捕本能,这些麻雀是猎物,也是食物。它本能地蹲伏下身子,蹑手蹑脚地步步跟踪着,但是这些唧唧喳喳的小家伙非常警觉,及时地飞走了。它尝试了多次,但都无果。

在走霉运的第五天,这个贫民窟里的小猫咪冒险冲到了大街上,不顾一切地一心寻找着食物。当距离它那个避难所洞口已有挺远的时候，一些小男孩用几块碎砖头朝它砸去，它仓皇逃窜。一条狗也加入了追逐的行列，小猫咪的处境变得极度危险；但是，那里有一道老式铁栅栏围在一座房屋的前面，就在那条狗追过来的时候，它从栏杆中间溜了进去。上面的窗户里有个女人开始朝那条狗吆喝，接着，那群男孩子给这个小可怜儿丢下了一块猫食。就这样，小猫咪吃到了它这一生中最美味的一餐。门廊暂且提供了一处避难之地，它耐心地坐在下面，直到黄昏悄然降临，然后它像个幽灵似的潜回了它的老院子。

日子就这样又过去了两个月。它既长了个儿，又长了力气，也对邻近区域中的情况有了不少了解。它熟悉了这条街，街上每天早晨都能看到一长排的垃圾罐头盒。那座大房子对它来说，并不是什么罗马天主教的布道之所，而是一个垃圾罐头盒的集散地，罐头里满是最上等的鱼肉末。它也很快就熟悉了那个肉贩子，羞羞答答地加入到了那群猫围成的圈子的外围。它还遇到过码头狗，和其他两三个和码头狗类似的讨厌鬼。小猫咪知道它们觊觎的是什么，也知道如何避开它们。它为发现了一项新营生而开心不已。毫无疑问，成千上万的猫儿们都满怀希望地惦记着早起的送奶工留在台阶和窗户台上的诱人牛奶罐；在一次很偶然的情况下，小猫咪发现一罐牛奶的盖子有些破损了，于是它想办法抱起罐子喝了个痛快。小猫咪发现很多牛奶罐的盖子往往是盖不严的，它一直煞费苦心地寻觅那些盖子松动的罐子。就这样，她扩大了自己的探险范围，直达下一个街区的中心，然后是更远的地方，直到又一次来到鸟商地下室后面那些满是桶和盒子的院落里。

那个曾经的铁栅栏院子从来就没被它当过家。它总感觉自己在那里就像是个陌生人。但是在这儿，它却有一种主人的感觉，而且突然憎恨起了另一只小猫的出现。它带着威胁的神气靠近新来者。这两只猫极尽能事地大呼小叫、你咆我哮着。正在这时，一桶水从楼上的窗户里浇了它俩一身，也有效地熄灭了它们心里的怒火。它们落荒而逃，新来者翻墙而去，贫民窟小猫咪则躲进了它出生时待过的那个盒子里。这后面的整个区域都强烈地吸引着它，它再次占据了这个住所。这个院子比起其他地方并没有更多的垃圾堆食物，也根本没有水，但这里却不断有迷路的耗子经过。这些东西可以偶尔得到，不仅给它提供了一顿可口的美餐，而且也正因此让她赢得了一个朋友。

四

小猫咪现在已经完全长大。它有着一副老虎般动人的外表。淡灰色的身上有着黑色的斑纹，鼻子、双耳和尾巴尖上长着四个白色的美丽斑点，这让它显得与众不同。它已经是一名谋生的行家，但依然有些时日要忍饥挨饿，抓捕麻雀的野心也从未得逞过。它一直形单影只，独来独往，殊不知，一股新的力量正在走进它的生活。

八月里的一天，它正躺着晒太阳，一只大黑猫沿着墙头朝它这个方向走来。小猫咪立刻从那撕裂的耳朵上认出了它，便悄悄溜进它的盒子里躲了起来。大黑猫则小心翼翼地探路而行，轻盈地跳上院子尽头的一个小棚子，而此时，一只黄猫也恰巧起身从棚顶穿过。狭路相逢的黑猫和黄猫怒目相对，相互咆哮。它们左右甩动着尾巴，喉咙里发出有力的阵阵咆哮。它们双耳后摆，肌肉收紧，彼此向对方靠近着。

"喵——喵——呜！"黑猫大叫。

"哇呜——呜——呜！"黄猫沉着应答。

"呀——哇呜——哇呜！"黑色的那只叫道，缓缓向前挪了半英寸。

"呜——呜——呜！"黄猫回应着，它站直了金黄色的身子，带着高不可攀的尊严，整整向前迈了一英寸。"哟呜——呜！"黄猫又向前冲了一寸，同时尾巴左抽右甩，嗖嗖作响。

"呀——哇呜——哟呜——呜！"黑猫提高了嗓门，在它紧盯着眼前这个毫不退缩的大块头时，又朝后退了零点八英寸。

周围的窗户全打开了，有了人声，但猫儿们还在对叫着。

"哟呜——哟呜——噢呜！"黄猫那个危险的家伙咆哮着，随着对方嗓门的抬高，它的嗓门倒低沉了下来。"哟呜！"它又向前逼近了一步。

这时，它们的鼻子相隔只有三英寸了。双方都侧向一边立着，正准备扭斗在一起，却又都按兵不动，等待着对方的动静。除了各自的尾巴尖抖动一下之外，它们一动不动，像雕塑一般默默地对峙了足足有三分钟！

黄猫又开始用低沉的声音叫道："哟呜——噢呜——噢呜！"

"呀——啊——啊——啊——啊！"黑猫尖叫起来，企图用叫声压住恐惧。但是，他又后退了十六分之一英寸，黄猫则向前了足足有半英寸；它们的胡须现在都搅在了一起，另一只再稍稍上前，差不多就碰到鼻子了。

"哟——呜——呜！"黄猫叫着，听起来像一阵低沉的呜咽。

"呀——啊——啊——啊——啊——啊——啊！"黑猫又这样尖叫着，不过却又后退了三十二分之一英寸。黄猫战士逼近了，随即像个恶魔似的紧紧抓住了对方。

哦，看它们多么起劲地扭滚在一起，又是咬又是撕，尤其是那只黄猫！

它们好一番摔啊、抓啊、抱啊的，尤其是那只黄猫！

一次次，有时是这只压在上面，有时是另一只压在上面，但大多时候是黄猫占据上风。它们的战线越拉越远，以至于双双从棚顶滚落了下来。窗户里传来人们观战的喝彩声。在掉向存放垃圾的院子里时，它们也一秒未做停留，继续一路狂咬狂抓，特别是那只黄猫。等跌落到地上时，它们激战犹酣，占上风的主要还是黄猫。在它们分开之前，双方就已经都偃旗息鼓了，尤其惨的是那只黑猫。它爬到一堵墙上，浑身鲜血淋漓，吼叫了几声，便消失不见了。与此同时，凯莱家的老黑最终被橙子比利彻底击败的新闻从一个

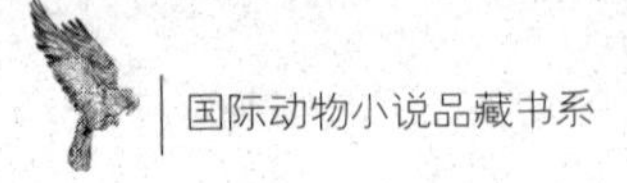

窗口传到了另一个窗口。

要么是黄猫属于一个特别聪明的搜索者，要么就是贫民窟小猫咪藏得不够严实。反正黄猫在那些盒子中间发现了小猫咪，而且贫民窟小猫咪也并没有要逃走的意思，可能是因为它目击了整场战斗的缘故吧。再没有什么比战场上的胜利者更能赢得雌性的芳心了，打那以后，黄猫就和小猫咪成为了要好的朋友，它们当然不准备同吃同住——猫儿们都不太喜欢这样——但是，它们承认彼此拥有非同寻常的友谊优先权。

五

九月过去了。在日子一天天变短的十月里，破饼干盒子里发生了一件事情。如果橙子比利回来的话，它将会在这里看到五只小猫咪蜷缩在它们的妈妈——贫民窟小猫咪的怀抱里。对贫民窟小猫咪来说，这是一件奇妙的事情。它感受到了一位动物母亲所能感受到的所有快乐和喜悦，它爱小家伙们，温情地舔舐着它们。倘若它有能力想想这样的事情，这种温情也一定会令自己感到惊讶的。

它那缺乏欢乐的生活从此增添了一种乐趣，但是同时也在它那本就不堪重负的觅食生活里，又增加了照料儿女们的重担。现在，它把所有的精力都放在了寻觅食物上。六个星期以后，孩子们已经长大了一些，可以每日在它出去觅食的时候，在饼干盒子周围蹒跚爬行了，当然，它的负担也随之更重了。在贫民窟，众所周知，麻烦接连来，好运转

眼过。小猫咪曾三次与狗儿们发生恶战，在忍饥挨饿的那两天又被麦利家的黑人扔了石头。不过此后，它开始时来运转了。就在第二天早晨，它发现了满满一罐没有盖子的牛奶，还成功抢劫了一个独轮车的食客，并发现了一个大鱼头，这一切都是在两个钟头之内搞定的。它带着只有饱腹之后才会有的那种安逸刚刚归来，就忽然看到一个棕色的小生灵出现在它的垃圾院子里。捕猎的记忆又强劲地涌现出来，它不知道那是什么东西，但是它曾经杀死并吃掉过几只小兔子，这家伙明显是一只长着短尾巴和大耳朵的大老鼠。小猫咪带着高度而又无甚必要的小心暗暗追踪过去，那只小兔子只不过是坐了起来，看上去还挺开心的。小兔子并没有想跑，小猫咪扑向了它，把它叼走了。因为并不饿，它就把兔子带到了饼干盒子里，丢给了小宝贝们。小兔子没有受到什么伤害，它渐渐克服了恐惧。因为还没有能力跑出盒子，小兔子便舒适地蜷伏在小宝贝们中间；当它们开始吃晚餐的时候，小兔子决定同它们一道用餐。猫妈妈对此颇感困惑。猎捕的本能本来已经占据了主导地位，可由于肚子不饿，这便救了小兔子一命。事件的结果就是，兔子成了这个家庭里的一员，并从此和小宝贝们一起享受着保护和喂养。

两周又过去了。小家伙们趁妈妈不在的时候，在那些盒子中间嬉戏得更带劲了。小兔子还没法跑到盒子外面去。杰普·麦利看到后院里的猫儿们后，让黑人射杀它们。一天早晨，黑人便用一支 22 口径的步枪干起了这个勾当。他一颗接一颗地将子弹射向它们，并眼看着它们掉进木材堆的缝隙里。就在这时，猫妈妈叼着一只从码头捕获来的大麝鼠沿着墙一路跑来。黑人正打算把它也射杀的时候，忽然看见了那只被捕获的大麝鼠，这让他改变了主意。一只会抓大麝鼠的猫是值得活下去的。这是贫民窟小猫咪第一次逮到大麝鼠，却因此救了自己一命。它穿过迷宫般的木材堆，回到了饼干盒，发现没有猫儿前来响应它的召唤，这让它感觉有些疑惑，而那只小兔子又是不吃老鼠的。猫咪蜷起身喂起了兔子，但也不时地召唤着它的那些猫儿们。召唤声引来了黑人，他悄悄地爬到了这个地方，朝饼干盒子里细细打量，让他大吃一惊的是，他看到那里待着一只老猫、一只活兔子，还有一只死掉的大麝鼠。

猫妈妈向后竖起耳朵，开始朝黑人咆哮。黑人撤了回去，但是一分钟后，一块板子落了下来，盖在了敞开的饼干盒子上，这个窝连同它的房客，不论死的还是活的，统统都被搬到了地下鸟窖。

“俺说，老板，快瞧这里，咱们那只跑丢的小兔子在这里呢。你当初还以为是俺偷了它烤着吃了哩。”

小猫咪和小兔子被小心翼翼地装进一个大铁丝笼子里，作为幸福的一家人供人参观，几天之后，小兔子病死了。

笼子里的这只猫咪从来没有感到快乐过，虽然在里面有吃有喝，但它向往着自由——此时它可能已经认定“不自由，毋宁死”了。在接下来的四天囚禁生活里，它无所事

事，能做的就是清洁和梳理皮毛，这让她那不同寻常的毛色显露了出来，于是杰普决定拥有它。

六

因为一直在地下室倒卖廉价的金丝雀，杰普·麦利像一只伦敦东区的小矮脚鸡一样声名狼藉。此人穷困潦倒，而那个黑人之所以和他住在一起，是因为这位英国人愿意跟他分享床铺和伙食。换了美国人，很少有谁会做出让步，承认这种绝对平等的。杰普是非常诚实的，不过他并没有什么头脑；众所周知，杰普的主要收入来自于储存、倒卖那些失窃的猫和狗。那半打金丝雀则仅仅是个障眼法而已。然而，杰普却很是自信。每当某些微不足道的成功使得他那脏兮兮的小胸脯开始膨胀时，他总会这么说："嗨，告诉你，赛米，我的孩子，你会看到，我也会有马到成功的那一天的。"他并非没有野心，只不过是很脆弱、很虚幻、很无常罢了。有时，他很希望自己作为一名宠物发烧友而闻名天下。的确，他也曾一度野心勃勃到为"荷兰裔纽约人上流社会之猫宠物秀"提供过一只猫，他这样做是出于三个不可告人的目的：第一，是为了满足自己的野心；第二，是为了获得一张免费的门票；第三，就是"哦，你知道，一个人要知道啥叫有价值的猫"。可是，这是一场名门秀，参展者必须要有人引荐的，因而他那只可怜的被断言只是个混血种的波斯猫遭到了嘲弄和拒绝。

对杰普来说，报纸上的"失物招领栏"是他唯一感兴趣

的内容，而他曾注意到一篇有关动物皮毛保养的文章，就剪切保留了下来。那份剪报贴在了他房子的墙上。在剪报内容的影响下，他开始着手针对贫民窟里的小猫咪进行一项看起来十分残忍的实验。首先，他用某种东西把那只小猫咪肮脏的皮毛浸湿，以便杀死它身上携带的若干种爬虫；做完这项工作，他又用肥皂和温水从头到脚把小猫咪浑身洗了个遍，而不管小猫咪是怎么咬啊、抓啊，惨叫个不停。但当它在靠近炉子的一个笼子里渐渐烘干皮毛的时候，一股幸福的暖流却顿时洋溢了全身；而且，它的皮毛经抖动开始展现出奇妙的柔软和洁白。杰普和他的助手对这一结果非常满意，小猫咪本来应该就是这个样子。但这还只是实验的预备工作。“没有什么比大量的油脂食品和持续暴露在寒冷天气里更有利于皮毛的生长了。”剪报上如是说道。眼下正是冬天，杰普·麦利把笼子里的小猫咪搁到院子里，只提供了一点儿遮风避雨的庇护；平时喂它的全是油腻腻的蛋糕和鱼头。一个星期之后，变化开始显现了。它迅速变肥，皮毛铮亮——整天无所事事，只为增肥和让那一身皮毛变漂亮。它笼子一直被打理得干干净净，基于应对寒冷天气的自然反应以及油腻的食物，它的皮毛一天比一天更厚实、更有光泽。这样，到了隆冬时节，它就变成了一只异常漂亮的猫，浑身的皮毛浓密无比而又精美无比，还长着非常罕见的斑纹。杰普对实验结果非常满意，这次小小的成功给他带来了奇妙的影响，他开始梦想着通往荣耀的道路。为啥现在不把这只贫民窟小猫咪送到就要开办的展览会上去呢？上次的失败使他对细枝末节更加上心。“你知道，赛米，让它作为一只流浪猫去参展是不行的，”他打量了一眼他的帮手，“但却可以筹划一下，去迎合那些荷兰裔的纽约人。没什么比一个好名头更重要的了。你看不如就叫‘皇家’之类的吧——没有什么像‘皇家’之类的东西和荷兰裔的纽约人更般配的啦。‘皇家迪克’或‘皇家山姆’怎么样？但先等等，这些都是公猫的名字。哎，说说看，赛米，你出生的那个岛叫啥来着？”

“厄奈洛斯坦岛，长官，那就是我的出生地，长官。”

“哦，我说，不错。啊，真的很棒，就叫‘皇家厄奈洛斯坦’！整个展览会上绝无仅有的纯种‘皇家厄奈洛斯坦’。这不是很有意思吗？”他们一起“咯咯咯”地笑了起来。

“但是，你要知道，我们得有一份纯种血统出身的证明。”于是，一份伪造的篇幅冗长、言词凿凿的血统出身证明就这么出炉了。一个昏暗的午后，山姆戴着一顶借来的缎面礼帽，把猫和血统出身证明送到了展览会的门口。黑人举止得体，他曾是第六大街的理发师，能够在五分钟之内装出一副盛气凌人、高不可攀的架势，这可是杰普用一辈子的时间也装不出来的。毫无疑问，这就是皇家厄奈洛斯坦在猫展上受到毕恭毕敬的接待的一个原因。

杰普很自豪地成了一名参展人，他可有着一个伦敦佬对于上流阶级的那种全部崇敬。开展的那天，他一来到大门口就被那排成长队的马车和缎面礼帽给镇住了。看门人尖刻地扫视着他，要不是看他手中有票差点儿就不让他进门了，显然是把他当成了某位参展人的马夫。大厅里，长长的一排排笼子前铺着天鹅绒地毯。杰普凭借着他的小聪明，偷偷溜到靠边的地方，一边打量着各式各样的猫，一边留意着那些蓝色和红色的缎带，并不时往四下里窥视着，但就是不敢问起自己的展品。他的心里一直在敲打着小鼓，寻思要是这些济济一堂的华丽时尚人士识破了自己跟他们玩弄的骗术，他们会说些什么呢？他已经逛遍了外间走廊，看到了许多获奖者，但却没有贫民窟小猫咪的踪影。里面的走廊更加拥挤，他设法钻了进去，但还是没看到他的小猫咪。于是，他认定这是一个错误，评委们没有看中那只小猫咪。不过没关系，他不是还得到了一张参展券嘛，而且现在已经知道从哪儿可以找到几只名贵的波斯猫和安哥拉猫了。

中央走廊的中心位置陈列着的全是上等猫。一大群人簇拥在那里。过道两边拦上了绳子，两名警察在那里阻挡着前涌的人潮。杰普被挤压在人群当中，伸不开手脚；他实在太矮，看不到前面。虽然穿着华丽的人们对他唯恐避之不及，但他也还是挤不到前面去。不过，他听到的那七嘴八舌的评价，告诉他整个展览上的珍宝就在这里。

“哇，它可真是个美人！”一位高个子女人说道。

“多么与众不同啊！”有人附和道。

“这种气质一定只有在长年累月的优越环境里才熏陶得出来啊。”

“我多么希望拥有这只一流的尤物啊！”

“这么尊贵——这么淡定！”

“我听说，它拥有的纯正血统可以追溯到法老时代呢。”听到这里，可怜肮脏的小个子杰普都奇怪自己干吗要厚着脸皮把贫民窟小猫咪送到这里来了。

“请借光，夫人。”展览会的主管这个时候出现了，他斜着身子穿过人群，“‘运动元素’的艺术家在这里，应要求他们需马上临摹‘展会之珠’。请大家稍微往旁边站一点儿，好吧？就这样，谢谢您。”

“哦，主管先生，您不能劝他把这只漂亮的尤物卖给我吗？”

“嗯，我不知道。”主管回答道，“我只清楚他是一个路子很广的人，而且根本不好接近；不过我可以试试，可以试试，夫人。他其实很不乐意展出他的宝物，我是从他的管家那里了解到这个的。喂，你把路让开。”主管冲着此时正在艺术家和那只出身高贵的猫之间急切朝前挤着的、一身寒酸的小个子男人高声喝到。可是，这个不顾体面的家伙很想知道，去哪里能够找到这些身价不菲的猫儿。他终于得以靠近，可以看上一眼笼子了，那儿贴着一张告示，上面写着“荷兰裔纽约人上流社会之猫宠物秀蓝缎带和金牌”已经授予“由著名宠物发烧友J.麦利展出的正宗纯种血统出身的皇家厄奈洛斯坦（非卖品）”。杰普屏住呼吸，瞪大眼睛又看了一遍。是的，千真万确，就在那儿，高高的镀金笼子里，天鹅绒坐垫上的就是贫民窟小猫咪，由四名警察护卫着，它那黑灰相间的闪闪发亮的皮毛，它那微闭着的蓝色眼珠,显得多么耀眼呀！她望着那幅猫的画像,烦得要死,既不怎么喜欢人们那没完没了的大惊小怪,同样也不怎么理解。

七

杰普·麦利在笼子周围转悠了好几个钟头,一直在琢磨着人们对小猫咪的品头论足——畅饮着他生命中从未见识过,甚至连在梦中也难得一现的解渴甘露。但是他明白,对他来说继续保持沉默是个明智之举,必须得让他的“管家”来处理一切事务。

竟然是贫民窟小猫咪在宠物展上获得了成功！它的身价开始在它主人的眼里与日俱增。尽管他不知道人们都曾经为猫儿们出过什么价钱,但当他的“管家”为厄奈洛斯坦向展会主办方报价 100 美元时，他认为这已经创下了纪录。

不久，贫民窟小猫咪就从展会来到了位于第五大道的一所公馆。一开始,它表现出了无法形容的狂野。不过,它对爱抚的拒绝被解释为基于贵族式的对亲密行为的厌恶。它躲开人们的赏玩向餐桌中央撤离,则被理解为是在表达一种尽管错误但却根深蒂固的避免亵渎触碰的想法。它对一只宠物金丝雀所发动的攻击也得到了辩解,理由是它在东方本土已经见惯了许多残暴的行为。它将奶罐盖子掀开的行为获得了特别的喝彩,而它对那内衬着丝绸的篮子的厌恶以及屡次冲击玻璃窗的行为也都轻易获得了理解:这

种篮子太平常了；而在皇室是向来不使用平板玻璃的。它弄脏地毯的行为，则也证明了它那东方化的思维模式。它几次在高墙后院抓捕麻雀的失败之举更成为一项新的证据，证明它出身皇家，所以丧失了抓捕的能力。至于它时常沉迷于垃圾罐头盒中，则被理解为高贵出身者流露出的一种可以原谅的小小怪癖。它就这么被喂养着、纵容着、炫耀着、赞美着，但它却一点儿也不开心。猫咪患上了思乡病！它抓挠着脖子上的蓝缎带，直到把它扯下为止。它跳向玻璃窗，因为那看上去就是通向外面的道路。它躲避着人和狗，因为事实证明他们总是怀有敌意的。它情愿坐在那里隔窗凝视着那些屋顶和后院。

但是它被严密地监视着，从来不许外出——于是，每当屋里看到那些让它快乐的空罐头盒时，它就会想起过去的幸福日子。三月的一个夜晚，当这些垃圾罐头盒被放到外面摆成一排，等待拾荒者一大早拿走时，“皇家厄奈洛斯坦”瞅准机会，溜出门外，消失得无影无踪。

这当然要掀起一场轩然大波了，可猫咪对此一无所知，也毫不在意，它只想回家。这可能就是让它回到格兰莫西·格兰杰山那个方向的机会，不过，在它踏实到达那里之前，还得经历各式各样的小冒险。现在怎么办？它没有了家，又切断了自己的生路。虽然它已开始饥肠辘辘，却有着一种非同寻常的幸福感。它在一座临街的花园里蜷缩踌躇了一段时间，一股带着生鲜味的东风吹来，捎给它一个特别友好的信息。人们可能会把这种味道称作难闻的码头味，但对这只猫咪来说，它可是意味着家的讯息。它沿着长长的街道一路向东小跑，穿过花园前的栏杆，像一尊雕像似的停留片刻，然后横穿街道，向最黑暗的一边搜寻着，最后来到了码头岸边。但这是个陌生的地方，大路通往南北。不知怎的，它转向了南方，在船坞和狗、手推车和猫、海湾弯曲的狭岸和笔直的宽栅栏之间躲躲闪闪；一两个小时之后，它便置身在熟悉的景象和气味之中了。在太阳出来之前，它穿过原来那道老栅栏上的那个老洞，翻过一道墙，疲惫不堪、四足像针扎般地爬回了鸟窖后面的那个垃圾场——是的，它回到自己出生时所在的那个饼干盒子里。

哦，要是第五大道的那户人家在这里看见它，那该多有趣啊！

好好休息了一下之后，它静静爬出饼干盒，径直朝通往鸟窖的台阶走去，开始了它四处觅食的老行当。门突然开了，那个黑人正站在那里，他冲屋里的鸟商喊道："俺说，老板，过来瞧呀，如果俺没看错的话，是皇家厄奈洛斯坦回来啦！"

杰普出来得算及时，正好看到猫咪已跳上了墙头。他们极尽诱惑哄骗之能事，大声呼唤着："猫咪，猫咪，我可怜的小猫咪！快来，猫咪！"但是猫咪并不领情，消失在它过去常去的老地方，觅食去了。

皇家厄奈洛斯坦对于杰普来说，曾是一笔意外之财，被用来改善鸟窖的条件和添置几个小动物。现在，重新捕获这位女王陛下可是一件至关重要的大事。

一些腐烂的碎肉残渣和其他一些具有绝对诱惑力的食物被放在了外面，猫咪在难以抵挡的饥饿压力的驱使之下，终于向那个设有陷阱的箱子里的大鱼头蹑手蹑脚地爬去。一直密切观察着动静的黑人拉了一下绳子，箱子合上了盖，一分钟后，皇家厄奈洛斯坦再次成为鸟窖里的囚徒。与此同时，杰普时刻关注着报上的“失物招领”栏目。就在那儿，杰普发现了“酬金 25 美元”等信息。当天夜里，麦利先生的管家带上走失的猫咪拜访了第五大道的公馆。“麦利先生向您问好，长官。皇家厄奈洛斯坦回到了它上一个主人的住所，长官。麦利先生很乐意把它完璧归赵，长官。”当然，麦利先生是不可能要求酬谢的，但是那个管家可以公开接受任何酬谢，并且明确表示他期待着所承诺的报酬以及更多的东西。

从那以后，小猫咪开始被严加看管。不过，它根本不厌恶过去忍饥挨饿的日子，它喜欢自由自在，所以现在就变得更加狂野和不满了。

八

纽约恰是春光灿烂的好时节。脏兮兮的英格兰小麻雀正在阴沟边上相互嬉闹着。猫儿们在附近彻夜嚎叫，使得第五大道的这户人家开始考虑到乡下去住。他们打包好行李，锁好房门，搬到了 50 英里开外的避暑山庄，小猫咪待在一个篮子里，随他们一同前往。

“这正是它所需要的：换换空气和环境，摆脱掉前主

人，让它高兴起来。”

篮子放在了车子的后备箱里。路上拐了个弯，随即传来许多嘈杂的脚步声，篮子颠簸得更厉害了，停留片刻，车子又向另一个方向驶去。紧接着是阵阵嘀嘀声、轰隆声和一阵长长的尖厉汽笛声，然后又是一阵很大的前门的门铃声；接下来又是一阵隆隆声、一阵飕飕声、一阵难闻的气味、一阵恶心的气味、一阵越来越可怕可憎的令人窒息的气味，最后是一阵致命的引起腹痛的有毒臭气，伴随着淹没了可怜小猫咪哀号的咆哮声。就在它临近忍耐的极限时，受难突然中止，总算让它松了一口气。它听到了什么东西的撞击声，然后就有了光，有了空气；接着，一个男人招呼道：“都出来吧，一百二十五号大街到了。”在小猫咪听来，这不过就是人的喊声而已。那些刺耳的轰鸣差不多都停止了，确确实实是停止了。不久，喧嚣声又伴着各种声音和摇晃再度开始，但是没有了毒气的味道。一声长长的、空洞的、越来越响的呼啸，携着一阵令人愉快的码头气味掠过，接着是一连串的颠簸、咆哮、震动、停顿、嘀嗒声、撞击声，各种气味、跳跃、摇晃、更多种气味、更频繁的摇晃——时而是剧烈的摇晃，时而是轻微的摇晃——烟雾、尖叫、门铃、震颤、咆哮、雷鸣、某些新气味、敲击声、拍打声、呕吐声、隆隆声，又是更多种气味，但是始终丝毫都感觉不到方向的改变。等终于停下来的时候，阳光透过盖子照射进篮子里。皇家小猫被放进了一辆老样式马车的后座上，一路过来的车子突然转向一边，很快，车轮又发出了刺耳的摩擦声和晃动声；一阵新的可怕的声音也添加了进来——那是狗吠声，有大狗也有小狗，而且还近得那么可怕。篮子被拎了下来，贫民窟小猫咪终于抵达了它乡下的家。

每个人都居高临下地表示着和善，他们都想取悦这只皇家猫咪，但是不知怎的，没有一个人能够做到。也许，那个大胖子厨师例外，猫咪在漫步到厨房时发现了她。这个浑身油乎乎的人闻起来，比它这几个月所遇到的任何东西都更有一股子贫民窟的味道，皇家厄奈洛斯坦就这样顺理成章地被她吸引住了。当这位厨师得知人们在忧虑如何款待这只猫咪以便留住它时，便说道："没错，它铆足了劲要跑，但让一只猫舔舔自己的爪子，它保准就会待在家里。"于是，她熟练地把这只不易亲近的皇室后裔抓进自己的围裙里，犯着可怕的亵渎神圣之罪，用锅里的油脂涂抹了她的脚掌。当然，小猫咪对此深恶痛绝，它憎恨这里的一切。但在被放下来之后，开始整理自己的爪子时，它发觉自己明显对那种油脂味很满意。它竟用了一个小时舔舐自己的四个爪子，厨师为此得意扬扬地宣称，现在"它保准愿意待在这里了"。它的确在这里待了下来，但却对厨房、厨师和垃圾桶表现出了一种令人感到惊奇和厌恶的极端喜爱。

这家人虽然对小猫咪这些与众不同的癖好感到不安，但还是很高兴地看到皇家厄奈洛斯坦相比从前更加安分随和了。一两周后，他们给了它更多的自由，还保护它免受任何威胁。狗儿们被教训要尊敬它，这个地方没有哪个男人或男孩胆敢梦想朝这只著名的血统纯正的猫扔上一块石头。它想吃什么都可以得到，可它依然是郁郁寡欢。它渴望着很多的东西，但又说不清到底都是些什么东西。它拥有了一切——是的，但它还想要别的什么东西。吃不完喝不完——是的，但是当你可以从一个托盘里想喝多少就喝多少的时候，牛奶尝起来就再也不是从前的那种味道了。牛奶这东西必须是在你又渴又饿、肚子发慌，从锡桶里偷出来喝的时候才好喝，否则就没有什么味道——那根本就不是什么牛奶了。

没错，房子后面有一个垃圾场，而且旁边不远处还有一个更大的，可都被玫瑰的香气给败坏了、糟蹋了。就连地地道道的马和狗的气味也都不对劲儿了，整个乡村四周就是一片令人讨厌又毫无生机的沙漠。它是多么憎恨这里的一切啊！这整个鬼地方只有那处灌木丛里有一种好闻的气息，那是一个无人理会的角落。她享受着在那草叶上的扑咬和打滚，那里是大地上的欢乐之所，但是有一点，自从它来到这儿之后，还从未找到过一个烂鱼头，也没看到过一个真正的垃圾罐头盒。总之吧，这里是它所知道的最不可爱、最无吸引力、最乏味的一个地方。要是它有自由的话，肯定会在第一天夜里就溜之大吉了。可惜自由是在几周之后才到来的，与此同时，它和厨师之间发展起来的亲密关系，也成了让它留下来的一种纽带。但是一天，在夏季那一连串不愉快的事件发生之后，又重新激起了小猫咪那在贫民窟里孕育出来的本能。

一大捆从码头卸下的玩意儿被运到了乡间别墅。这些东西本身没什么大不了的，但却拥有着最刺激、最迷人的码头和贫民窟的那种味道。这些味道无疑触动了小猫咪记忆的琴弦，昨日时光像魔术般地以一种危险的力量显现了出来。第二天，厨师也恰是因为这捆货物惹出来的麻烦而被迫离开了。那是割断的电缆线，那天晚上，家里最小的男孩子——一个惹人讨厌的压根没有皇家的高贵欣赏品位的小美国佬，正试图把一个罐头盒拴在小猫咪的尾巴上。毫无疑问，小猫咪对此放肆之举愤恨不已，瞬时亮出了鱼钩般锋利的爪子。被抓伤的小美国佬的嚎哭惊动了他的妈妈，她操起手中的书，灵巧果断却又是有气无力地朝小猫咪砸去，小猫咪神奇地躲开了，随即飞快地往楼上逃窜。一只被追逐的老鼠会往楼下跑，一只被追逐的狗会径直跑开，而一只被追逐的猫则只会往上跑。它藏到了阁楼里，躲来躲去以免被发现，一直等到夜幕降临。然后，它悄无声息地溜下楼，尝试着轮流打开每一扇纱门。终于，它发现了一扇未上闩的纱门，于是逃进了黑暗的夜幕中。对人的眼睛来说那是漆黑一片，但对它来说不过就是一片灰暗而已，它从令人厌恶的灌木丛和花圃中间溜过去，在花园里那曾一直最吸引它的小灌木丛里最后撒了一次欢，然后大胆地踏上了归途。

它该怎样完成这趟根本就未曾经历过的回程之旅呢？所有的动物都有一种方向感，在人身上表现得不明显，在马匹身上则表现得非常突出。不过，猫儿也拥有这种天赋，这神秘的向导之力将它带向了西方。虽然不怎么明晰和确

定，但是因为旅途顺畅，大体上凭着一种直觉去判断倒也不难搞定。一个小时后，它已经走过了两英里，抵达了哈德森河。它的鼻子已多次告诉过它，路线是正确的。它来来回回闻了又闻，正像一个行走在陌生街道上的人那样，或许虽然回忆不起来什么，但只要再次看到的时候便会记起："哇，是的，我以前来过这里。"小猫咪的主要向导就是这种方向感，不过却是它的鼻子一再向它保证："是的，你是对的——去年春天我们曾路过这个地方。"

河边是条铁路。它没办法渡河，必须选择往北方走还是往南方走。明晰的方向感就是在这种情况下派上用场的，感觉告诉它："往南走。"于是，小猫咪沿着铁轨和栅栏之间的小径一路向南跑去。

九

猫儿能够很快地爬上一棵树或者一堵墙，但是当它要进行一英里又一英里、一小时又一小时的长途跋涉时，猫儿常用的跳跃方式就不可取了，只能采取狗儿那样的小跑。尽管旅行的感觉不坏，且路途通畅，但它已经走了一个小时。它感觉有些累了，脚也有点儿酸痛。正当它想休息一下的时候，一条大狗跑到跟前的栅栏边，冲着它就是一阵可怕的狂吠，惊恐小的猫咪赶紧逃之夭夭。它沿着小路拼命逃去，同时密切关注着狗能否成功跃过栅栏。没有，还没有！就在小猫咪跳到自以为安全的一边沿路前行时，那条狗居然追了上来，可怕地吼叫着。狗的叫声又变成了一种

低沉的咆哮——越来越大的咆哮——犹如一阵让它毛骨悚然的雷鸣。一道强光闪过，小猫咪朝后望了一眼，原来不是狗，而是一个眨着红眼睛的黑色庞然大物跟了过来，又是大喊大叫，又是吞云吐雾。它竭尽全力地奔跑着，以它前所未有的速度，但却不敢跃过栅栏。它像一条狗那样地奔跑着，飞也似的，但一切都是徒劳，那个穷追不舍的怪物还是超过了它，将它甩在黑暗之中，继续匆匆向前，消失在了茫茫夜色里。这时，猫咪蜷缩起身子喘了口气，从那条狗开始朝它狂吠到现在，离家又近了半英里。

这是它第一次与那陌生的怪物相遇，但也仅仅是眼生而已，它的鼻子似乎对这个怪物很熟悉，并且在暗示它，那是回家路上的另一个路标。不过，小猫咪对它这一类的东西就此少了很多恐惧。它晓得了，这些家伙非常愚蠢。如果它悄悄溜到栅栏下躺着不动，它们是发现不了它的。天亮之前，它又与它们遭遇了几次，但都毫发无损地逃开了。

大约在黎明之时，它在回家的小路上碰到了一个小贫民窟，而且足够幸运地在一处未经消毒的垃圾堆里找到了几样可吃的东西。它在一个马厩跟前度过了一天，那儿有两条狗和很多小男孩。他们差点让她一命呜呼。这里真像家啊，但它可没有留下来的想法。它依然被之前的渴望驱使着，第二天晚上便一如既往地出发了。它看到那独眼怪物整日不断地飞驰而过，渐渐地也就习惯了它们，所以整夜都平安无事地继续着它的旅程。第二天，小猫咪在一个谷仓里待着时，抓到了一只老鼠。第二天夜里跟前一天夜

里一样，除了遇到一只狗，让它往回跑了一大段路程。有好几次，它因为碰上岔口而迷路，走失了好远，好在每次总能及时返回大致向南的路线。白天的时候，它偷偷地潜伏在谷仓里，躲避着狗和小男孩们；夜间则一瘸一拐地沿路而行，它的脚疼得厉害，但依然勇往直前，一英里又一英里，向着南方，永远向南。尽管路途艰难，可它依然向前、向前，它的鼻子不时信心十足地向它报告："确实有一股我们去年春天路时闻到过的味道。"这让它欢欣鼓舞。

十

一个星期就这样过去了，小猫咪浑身污浊，缎带也没了，腿酸脚痛，疲惫不堪地抵达了哈莱姆桥。尽管这里到处弥漫着令人垂涎欲滴的味道，但它实在不喜欢这座桥的样子。夜里有一半时间它都在岸上徘徊不已，除了看到其他几座桥外，没有找到任何可以通往南方的途径，也没发现什么有趣的东西，但是发觉这里的人都很危险。没办法，它还是得回到哈莱姆桥，不仅是因为那里的味道很熟悉，而且每当独眼怪物不时从桥上驶过时，就会听到特别的隆隆声，那正是它在春日之旅时曾经听过的声音。它跳向大桥铁轨的枕木，在水面上方悄悄溜去，此时的四周夜深人静。当那发出雷鸣般咆哮的独眼怪物从桥的另一端呼啸着向它驶来时，它还没走过整个桥梁的三分之一呢。它害怕极了，不过因为知道它们愚蠢而又眼瞎，所以就跳到下面的一根侧梁上，在那里暂且蜷缩着躲上一会儿。当然，愚蠢的怪物并没有在意它，自顾前行，所有的麻烦都过去了。可是，怪物又折回来了，或许是另一个同它一模一样的怪物突然从小猫咪的身后吞云吐雾地撵了过来。小猫咪随即跳到那条长长的铁轨上，朝回家的方向走去。如果不是第三个红眼恐怖分子从那边尖叫着朝它跑来，或许它已经到达家了。它没命地狂奔，却被困在了两个红眼怪之间。万般无奈之下，它只有从枕木上奋不顾身地跃下那个它一无所知的地方。下坠，下坠，下坠，扑通一声，水花四溅，它扎进了深深的水里。毕竟是八月天，水并不冷，但是，天哪，这实在是太可怕了！当它钻出水面时，满嘴喷着水沫，还不住地咳嗽着。她警觉地看了看四周，探视那怪物是否尾随而来，然后才奋力向岸上游去。它从来没有学过凫水，然而居然也会游，原因很简单，她凫水时的姿势和动作跟走路时完全一模一样。它陷入了一个自己不喜欢的境地，自然要尽力想办法走出去，结果便游到了岸上。哪个岸呢？对于家的热爱从来不会让它搞错方向：对它来说，南边就是唯一的岸，那是离家最近的岸。它浑身湿漉漉的爬上了泥泞的堤岸，穿过煤堆和土堆，看起来又黑又脏，没有半点儿皇家猫咪的风范。

惊吓一旦结束，号称有着皇家纯正血统的贫民窟小猫咪便开始对这次贸然行动感觉好多了。欢欣的光彩并不是来自“出浴”后的容光焕发，而是由于那胜利带来的欢快感，它不是刚刚用智慧战胜了三个怪物吗？

它的鼻子、记忆以及与生俱来的方向感让它又一次踏上了归途。但是，这个地方总有那些滚雷怪物大批出没，出于谨慎，它转向了另一边，沿着那散发着家乡熟悉鱼腥味道的河堤一路前行。这样，它也就免去经历隧道时不可名状的恐怖了。

三天过去了，它一直都在见识东河码头上那形形色色的危险和错综复杂的情况。一次，它不小心跳上了一条渡轮，结果被带到了长岛，但是，它又搭乘一艘早班船回来了。终于，在第三天夜里，它踏上了熟悉的土地，这里正是它第一次出逃的那个夜晚所经过的地方。就此，它的行程变得确定而迅速了。它清楚了自己的去向，以及如何到达那里。此刻，它甚至认出了更多逃避狗儿追逐时的那些显著地形特征。它前进得更快了，感觉更高兴了。无疑，再有一小会儿，它就能蜷伏在自己的老家——那座老垃圾场里了。又拐了一个弯，熟悉的街区闯入它的眼帘。

可是——怎么回事！垃圾场不见了！小猫咪简直无法相信自己的眼睛，但是它必须相信，因为太阳还没有出来呢（猫在黑暗中的视力更好）。街区那里曾经或立或斜或无精打采或伶仃落寞的房屋，如今变成了一大片破落的荒野，地上到处都是石头、木料和坑穴。

小猫咪兜了一圈。根据四周情况来看，它知道这里就是自己的家乡，那里曾住着鸟商，还有个老垃圾场。但是，现在一切都不见了，无影无踪了，随之而去的还有它们那熟悉的气味。在这毫无希望的情境之下，猫咪的心情难过到了极点。对故土的眷恋一直是它情绪的主宰。为了回家它放弃了一切,而家却已不复存在,它那曾经坚强不屈的小小心灵简直万念俱灰。它徘徊在那些沉默的垃圾堆上,既没有找到安慰,也没有找到可吃的东西。废墟占据了好几个街区,从水边一直延伸了过来。那不是火灾造成的,小猫咪曾经见识过火灾中的某一场景。这看起来更像是一群红眼怪物干的。小猫咪还不知道,一座大桥就要在这个地方崛起了。

太阳升起之时,小猫咪要去寻找一处藏身之地。附近的一个街区依然伫立着,没有多少变化,于是皇家厄奈洛斯坦退回到那里去栖身。它了解那里的一些情况,但再一次来到这里,令它不快又吃惊的是,它发现那里聚集着许多和它一样被赶出故土的猫,当垃圾罐头盒被扔出来的时候,常常都会围上来好几位贫民窟的居民。这意味着这片土地上正经历着一场饥荒,小猫咪在这里待了几天后,被迫要去寻找它位于第五大道的另一个家。它找到了那里,发现大门紧闭,一派荒凉。它等了整整一天,同一个身穿蓝色外套的大个子男人之间发生了一次不愉快。第二天晚上,它只好又返回了那拥挤的贫民窟。

九月和十月都过去了。很多猫死于饥饿,或者因极度虚弱而无法逃脱天敌之口。但是,年轻的贫民窟小猫咪却依然强壮、依然活着。

这片已成废墟的街区发生了巨大的变化。虽然在小猫咪第一次到这里的时候,这里还是一片沉寂,可现在却整天挤满了嘈杂的工作人员。一座在她回来之前就已经建得差不多的高楼在十月底竣工了，受饥饿驱使的贫民窟小猫咪偷偷爬上了一个黑人放在外面的水桶。然而不幸的是，这个水桶并不是用来盛泔水的。它是这一地区的一个新玩意:清洁用桶。真让人悲伤和沮丧。不过它还是得到了些许宽慰——触摸到水桶的提手,让它产生了几缕熟悉的记忆。就在它研究水桶的时候，那个开电梯的黑人又走了出来。他那身蓝衣服和他身上的味道都让小猫咪感到非常熟悉。小猫咪撤退到街道的对面,那个黑人依然凝视着它。

“这看起来不是那个皇家厄奈洛斯坦嘛!到这来,咪咪,咪咪,咪——咪——,来——来——来,咪——咪——,到这来！俺猜它一定是饿坏了。”

饿啊!它已经几个月没吃过一顿真正的饭了。黑人回到高楼里,再次露面时,他带上了一部分自己的午餐。

“这里,咪咪,咪咪,咪咪,咪咪！”饭看起来很不错,可小猫咪还是有些迟疑。最后,他把肉放在人行道上,然后走到了门后。贫民窟小猫咪小心翼翼地走上前去，用鼻子闻了闻,叼起那块肉,接着像只小老虎似的逃去,好安安静静地享用它的战利品。

十一

这是一个新纪元的开始。现在,每当饥饿难耐之时,猫咪便来到大楼的门前，它对黑人的好感与日俱增。它以前可从来没有弄懂过这个人，他看起来总是那么充满敌意。而现在,他成了它的朋友,它唯一的朋友。

这一周它算是撞了大运，接连七天吃上了七顿好饭。就在吃最后这一顿饭之际，它发现了一只新鲜多汁的死麝鼠，这真是一次完美的意外收获。有生以来，它还从没杀死过一只壮年大麝鼠，但这次却叼起了这样的战利品，它连忙把它藏起来以备日后享用。在它横穿这座新楼前面的那条街道时，一个宿敌出现了——那条码头狗。小猫咪极其自然地撤退到了门口，因为那儿有它的一个朋友。就在它靠近的工夫，那个黑人正为一个衣着考究的男士开门，他们两人都看到了这只猫和它的战利品。

“喂！看那儿，有只猫！”

“是的，长官，”那个黑人回应道，“那是俺的猫，长官。它是大麝鼠的克星，长官！都快把它们消灭干净了，长官，这就是它这么瘦的原因。”

“哦，可别让它饿着了。”颇有贵族风范的男士说道，“你不能喂喂它吗？”

“那个卖猪肝的肉贩子会定期过来，长官！一星期二十五美分。”黑人说道，他有十足的把握，认为自己凭这个主意就可以获得额外支配十五美分的权利。

“好吧。我来买单。”

十二

“熟——肉！熟——肉！”听到这富有磁性的声音，着魔的猫儿们一齐朝卖猪肝的老家伙嚎叫起来。他的独轮车推进了经过美化的吝啬鬼胡同，猫儿们大叫着簇拥过来，领

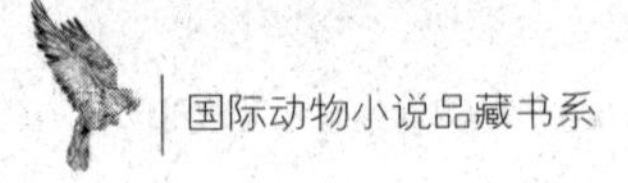

取它们应得的那份美味。

这些猫中有黑的、白的、黄的和灰的，都得记清楚喽。最重要的是要记住它们各自的主人。当独轮车转到那幢新建大楼跟前的拐角时，停了下来。

“这边，你让开路，你们这帮废物。”肉贩子喊道，并挥舞着手中的魔杖，为长着蓝眼睛白鼻子的小灰猫开路。它得到了格外多的一份肉，因为赛米明智地和它平分了所得到的那份收益。贫民窟小猫咪带着它的“每日供给”回到了大楼的隐蔽处。此时的它有着以前从未梦想过的幸福前景。最初事事不顺心，现在则俨然万事如意。游历的生活是否开拓了它的心智还很值得怀疑，但它确实知道了自己想要的是什么，而且也都得到了。它还实现了自己长期以来的宏伟抱负，抓住了不止一只麻雀，确切地说，是两只，当时它们正在阴沟里进行着殊死格斗。

其实，它从那以后就再没有捉到过一只大老鼠，但是黑人在可能的时候，会捉来一只死老鼠，目的就是为了展示给别人看，以免它的膳食费出现危机。那只死老鼠会一直留在大厅里，直到业主到来时，黑人才抱歉地把死老鼠清扫到一边。“哦，是那只猫干的，长官。那只皇家血统的厄奈洛斯坦，长官，它真是耗子们的克星。”

来到这里以后，它产过好几窝小猫了。黑人认为那只黄汤姆猫是其中几只小猫的父亲。毫无疑问，黑人是正确的。

有好多次，他把这些小猫卖给别人。但是他这么干是没有恶意的。毫无疑问，他积攒这些钱，是为了自己某种正当

的抱负。小猫咪则已经学会了忍受那部电梯，甚至可以乘着它上上下下了。黑人说，有一次正在顶楼的小猫咪听到了肉贩子的声音，结果它便设法揿动按钮，叫电梯把它送了下去。

它又变得油光可鉴，美丽动人了。它不仅成了那猪肝独轮车的食客中的一名，而且被当作是它们中间的星级食客。肉贩子对它敬意有加。甚至是当铺老板娘用奶油加鸡肉喂养的猫，也没有得到像皇家厄奈洛斯坦这样的赞誉。但是，不管它是怎样富足，有着怎样的社会地位以及皇家名号和伪造的纯正血统，它最大的生活乐趣就是在薄暮时分溜出去，到贫民窟里逛上一圈。直到如今，它还是和从前一样，还同从前的生活一样，无论是内心里还是外貌上，它仍然是一只脏兮兮的贫民窟小猫咪。

阿诺克斯:一只信鸽的故事

一

我们穿过位于西 19 号大街的一座马厩的侧门。在我们登上梯子,进入那长长的阁楼时,井然有序的隔栏里传出的淡淡气味,弥散于甜甜的干草味中。房间的最南端围着一堵围墙,传来熟悉的“咕咕——咕噜噜——咕咕”声,并伴随着各种“噼里啪啦”扑棱翅膀的声音,这声音告诉我们,鸽楼到了。

这里是众多名鸽的家,今天要在这里举办一场由 50 只幼鸽参加的比赛。鸽楼的主人邀请我以公正的局外人的身份,担任这场比赛的裁判。

这是对幼鸽的一场训练比赛。它们曾经有过那么一两次和父母一起被带到不太远的地方,然后放飞返回鸽楼的经历。现在,这将是它们第一次在没有老鸽子带领的情况下独自飞行。起飞地点选在新泽西州的伊丽莎白市,这是它们首次独立尝试的长途旅程。“但是,”驯鸽人说道,“这也是我们淘汰那些傻瓜的办法,只有最好的鸽子才能成功,而这就是我们想要的一切。”

这次飞行还有另一个项目，就是要在那些返回的鸽子当中进行比赛。守候在鸽楼跟前的每个人,包括附近的好几个信鸽爱好者,都对其中的一只或几只信鸽有着浓厚的兴趣。他们为获胜者设立了一笔奖金,而对我来说,最重要的任务就是决定谁该赢得这份赌注。胜出者不是第一只飞回来的鸽子,而应该是第一只进入鸽楼里的鸽子,因为如果一只飞回的鸽子仅仅是停在了附近,而没有立即回家报告,那么作为一名送信者,这是没什么用处的。

这种鸽子在过去常常被称作送信者，因为它们负责送达消息。但在这里，我发现这个名字对于这种鸟儿——外表长着发达肉垂的生灵来说,可是个限制。现在,送信的鸽子现在被叫作返家者或者信鸽,因为这种鸽子总是能够回到家里。这些鸽子没有什么特别的颜色,也没有任何能让它们在鸟展中显得独树一帜的羽饰。人们喂养它们并不是为了追逐时尚,而是冲着它们的速度和聪明的天赋。它们必须能够确定家的方位,并能够准确无误地飞回家中。据研究所知,它们用来辨认方位的感官位于耳朵内部迷宫般错综分布的软骨之中。没有哪种生物能拥有比一只好信鸽更出色的定位能力和方向感了,这全都得益于在信鸽脑袋的左右两侧、耳朵上方的那两个大疙瘩,还有那双优异的翅膀,这种完善的装备能够让它们准确地找到家。现在,这一大群幼鸽即将接受检验了。

虽然有许多现场目击者，我认为最好还是只敞开一扇鸽楼门，其余的全部关闭。我将站在那里等第一名信鸽到达之后随即把门关上。

我永远不会忘记那天的感受。我事先已被提醒："它们在12点钟出发，12点30分会到达这里。但是一定要当心，它们会像旋风一样飞回来，你可能还没来得及看清楚，他们就已经飞进去了。"

我们在鸽楼里站成一排，每个人都盯着那扇半开半掩的门，同时焦急地注视着南方的地平线，直到有人大喊："注意——它们回来了！"鸽子们犹如一团白云，突然闯入人们的视野。它们低低地掠过城市的上空，绕过一根巨大的烟囱，眨眼之间就来到了眼前。白云的闪现，羽翅的闯入，这一切都是那么突然、那么迅捷，虽然早有准备，但我还是感到措手不及。我就站在那扇唯一打开的门旁边，一只蓝色鸽子像飞矢一般呼啸而入，翼尖抽打到了我的脸颊，一闪而过。几乎还没等我关上那扇小门，人群中就爆发出一声喊叫："阿诺克斯！阿诺克斯！我跟你说过它会赢的。哦，它真可爱，才只有三个月大，就成了优胜者——它真是一个小可爱啊！"阿诺克斯的主人手舞足蹈，叫他高兴的不仅仅是赢得了那笔奖金，更因为那是他的鸽子。

男人们或坐或跪，无不赞许、崇敬地望着阿诺克斯喝下好多水后，又转向了食槽。

"瞧那眼睛和那对翅膀，你见过这样的胸脯吗？啊，他是一名真正的勇士！"阿诺克斯的主人就这样和那些因失败而一言不发的主人们喋喋不休着。

这是阿诺克斯的第一次获胜。它是来自一个优良鸽楼的50只鸽子中的佼佼者,它的前途一片光明。它被授予了“高级信鸽神圣席位”的银质脚环，上面刻有它的编号“2590C”，这个数字今天对于信鸽界的人们来说意义非同一般。

这次始于伊丽莎白市的试飞只有40只鸽子飞了回来。通常也都是如此。有些鸽子因体质虚弱而掉了队,有些则是因为太蠢而迷了路。通过这种简单的试飞所进行的挑选,鸽主们不断提升着其鸽种的质量。那10只鸽子当中,有5只从此杳无音信,另外5只则在当天晚些时候陆续返回了,一个个都是孤家寡人的落寞样子。最后归来的那个闲荡者是一只笨拙的大个儿蓝鸽子。这时,鸽楼里的那个人招呼道:“杰基正打赌的那只老笨蛋蓝鸽回来啦。我真没想到它还能回来,不过我也不介意,因为就我看来,它本来就不是很出色。”

这只蓝大个儿,也被叫作“角箱”,是从角落里那个作为鸽窝的箱子里孵出来的，一出生就表现出了非凡的活力。尽管小鸽子们都一般大,它却长得更快、更大,也意外地出落得更漂亮。可是,鸽迷们却对此不大在意。它似乎充分意识到了自己的重要性,很早就对它那些小个子同胞们表现出恃强凌弱的性情。它的主人预言它会有大作为,可那个马夫比利,却对它的长脖子、大嗉囊、举手投足以及过大的体型严肃地表示过怀疑。“它的长腿死沉死沉的,再说,像那样的脖子也不会有什么力气。”比利在早晨清理鸽

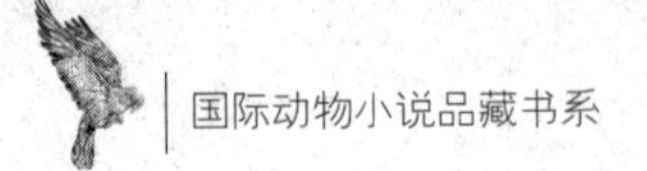

楼时,会这样嘟囔着对蓝大个儿鸽子贬低个不停。

二

那次比赛之后,对这些鸽子的训练继续定期进行。每天,从出发点到家的距离,都会蹿升 25 或 30 英里,而且方向也会随之发生变化,直到这批信鸽熟悉了纽约方圆 150 英里的乡野。鸽子由最初的 50 只减少到了 20 只,这一严苛的过程淘汰的不仅是那些体弱和天资逊色的鸽子,还有那些可能临时生病或出现意外的鸽子,那些在出发前吃得过饱的鸽子也可能会犯错。飞行中表现突出的信鸽,都是长着宽宽胸脯、明亮眼睛、长长羽翼的生灵,这些特征都是飞行迅捷的标志。它们的颜色大多为白色、蓝色或棕色。在它们当中,最优秀、最出类拔萃的,几乎每次比赛都是第一名的就是小阿诺克斯。因为现在群里所有鸽子都戴着银质脚环,所以在休息时,阿诺克斯并不起眼。可是一旦飞入高空,阿诺克斯就显示出了它的本领。当笼门打开,发出“开始”的命令时,阿诺克斯总是第一个应声出发,一直翱翔到它认为可以排除周围所有影响的高度,探清回家的道路,然后上路,并且途中它从不为食物、饮水而稍作停顿。

尽管比利很不看好“角箱”蓝大个儿,但它还是入选了前 20 名之列。它经常晚归,从来没有得过第一,有时要比其他鸽子晚回来好几个小时,显然,它既不是因为饥饿,也不是因为口渴,它明摆着是顺路闲逛去了。不过它总是会回来,现在,它和其他鸽子一样,带着自己的脚环,这是神

圣的徽章,还有一个代表荣誉的号码。比利依然瞧不起它,把它跟阿诺克斯比较着。但是,它的主人却回敬道:“给它一次机会,俗话说:‘早熟者早衰。’我一直注意到,最好的鸽子刚开始的时候进步都是最慢的。”

一年前,小阿诺克斯就已经创造了一项纪录。在所有任务中,最难完成的要数海上飞行,因为那里没有地标的指示;而海上飞行最艰难的时刻则是有雾的时候,因为那时浓雾将太阳遮蔽,没有任何东西可用来作为方向的参照。没有记忆、景观和声音可供参考,只剩下一样东西可以依靠,那就是它那与生俱来的方向感。只有一种东西能够摧毁它,那便是恐惧。因此,在那高贵的双翅之间,必须拥有一颗虽小却无比坚强的心。

在训练过程中,阿诺克斯和它的两个同伴被送到驶往欧洲的一艘远洋汽船上。它们将在看不到陆地的洋面上被放飞,但是突然而至的浓雾阻止了起飞。汽船载着它们继续前行,人们打算随下一班船把它们送回。10 个小时过去后,轮船的发动机出现了故障,浓雾依然停留在海面上,轮船像一根木头似的随波逐流,孤立无援。这时,他突然想到了鸽子。首先被挑中的是星背 2592C,一条求救消息写在了防水纸上,然后卷起来绑到了它的尾羽下面。星背被抛入空中,转眼间便消失不见了。半个小时后,第二只鸽子——大蓝个儿角箱,2600C,也被绑上了一封信。它飞了起来,可几乎是立刻就又飞了回来,落在了轮船的桅杆上。当时它整个一副魂飞魄散的模样,无论用什么办法也不能诱使它离开这艘船。它吓成了那个样子，以致轻易就能被抓到，随即被扔回到了笼子里。

这时，第三只鸽子被弄了出来，这是一只个头矮小、身体敦实的家伙。船员们并不认识它，但是注意到了它脚环上的名字和编号——阿诺克斯，2590C。他们对这个编号一无所知。然而，抓着它的那位负责人注意到它的心脏不像刚才那只鸽子跳得那般厉害。求救信从大蓝个儿身上取了下来，上面写道：

星期二上午10点。我们的发动机轴承在距离纽约210英里的地方出了故障，我们正在浓雾中无助地漂流。请尽可能快地派一艘拖船前来援救。我们在鸣笛，一声长笛后紧接着一声短笛，每60秒一次。

船长

信被卷起来，裹在防水膜里，署上汽船公司的地址，绑到了阿诺克斯身下的尾羽中间。

当被抛向空中时，它绕着轮船飞了一圈，然后又环绕着升向高空；接着，它再次飞了更大的一圈，升得也更高了，随即消失于人们的视野之中。他依然还要继续往高处盘旋，直到全然不见、也感觉不到那艘轮船了。它身上其他所有的感官此刻全都关闭了，只有一种感官还在发挥着作用，他就指望这一感官了。这感官是如此强大，根本不受恐惧这个致命暴君的妨碍。现在，阿诺克斯的行进有如指南针那般精确，没有犹豫，没有怀疑，离开笼子还不到一分钟，它便像一束光似的朝着它出生的鸽楼径直疾速飞去。那里是它在这个地球上唯一能够感到满足的地方。

那天下午，听到急促的翅膀呼啸声的比利正在值班。一只蓝色的飞行者闪进鸽楼，紧接着朝饮水槽奔去。他大口大口地喝着水，比利有些气急地说道："嗨，阿诺克斯，原来是你呀，你这个小帅哥。"这时，出于养鸽人的习惯，他掏出怀表，记了一下时间：下午 2 点 40 分。当看到阿诺克斯尾部的绳结后，他关上鸽楼门，用捕网飞快地罩住了阿诺克斯的脑袋。随即，他拿到了那卷信。没用两分钟，他便飞奔到了轮船公司的办公室，因为已有一笔不菲的小费在等着他了。到了那儿，他才知道阿诺克斯在海上的浓雾中飞行了 210 英里，而且仅用了 4 小时 40 分钟。不到一个小时，救援船只便开始向那艘不幸的汽船出发了。

仅用 4 小时 40 分钟，就在海上的迷雾中穿越了 210 英里！这是一项高不可攀的记录。它被及时记载到了信鸽俱乐部的记事册中。阿诺克斯被人捧着，俱乐部秘书用橡皮印章和永久性墨水将这次功绩的记录印在了它右翼一根雪白的羽毛上，包括日期和参考编号。

至于星背——仅次于阿诺克斯的那只信鸽，一直杳无音信。无疑它是死于海上了。

角箱蓝大个儿是跟着拖船返回的。

三

这是阿诺克斯的首个公开记录。不过,其他佳绩也接踵而至。阿诺克斯作为中心角色,在那栋老鸽楼里已上演了好几幕非同凡响的大戏。一天,一辆四轮马车行驶到马厩跟前,一位白发苍苍的绅士从中走了出来。他爬上满是灰尘的楼梯,在鸽楼里和比利一起坐了整整一个上午。他透过金丝边眼镜,先是仔细阅读了一大沓文件,接着又越过城市的座座屋脊向远方凝视。他在等待着什么,凝望着什么。是的,他在等待的是不到40英里之外的一个小地方的消息。这个消息对他来说重要得不能再重要了,要么会让他成功,要么会使他崩溃。这个消息必须在被拍成电报送达之前,就能够先传到他这里来:发一次电报就意味着双方至少要耽搁一个小时。对于40英里的路程来说,有什么比电报来得还快呢?在那个年头,只有一样东西可以做到,那就是一只上等的信鸽。如果他赢了,钱是根本不算什么的。他不惜一切代价要找到最好的、真正最好的信鸽,而羽翼上有着七次永久性记录的阿诺克斯,就是他所选中的信使。一个钟头过去了,又一个钟头过去了,第三个钟头开始的时候,随着飞翅的呼啸声,一颗蓝色的流星闪入鸽楼。比利"砰"的一声关上门,抓住了它。比利熟练地剪断了线绳,把信卷递给了银行家。老人顿时面如死灰,颤抖的双手摸索着展开信,但脸色随之又恢复了正常。"感谢上帝!"他喘着粗气说了一句。接着,他火速赶往董事会,主持召开会议。小阿诺克斯拯救了他。

银行家想买下这只信鸽，说不清为什么，只是感觉他应该敬重和珍爱这只信鸽。但是比利对此却很清楚："有什么用呢？你不可能买到一只信鸽的心。你只能把它当成一个囚徒来养。在这个地球上，没有任何东西能叫它抛弃这座孕育了它的老鸽楼。"于是，阿诺克斯得以继续留在西 19 号大街 211 号。但是，银行家永远也不会忘记它。

在我们国家有一类不法之徒，他们把一只飞翔的鸽子当成了捕猎的合法对象。这可能是因为鸽子远离家园的缘故，或者是因为射杀他们难以被定罪的缘故。许多高贵的信鸽正携带着生死攸关的讯息飞速前行时，结果却遭到了那些卑鄙小人中某个家伙的射杀，并被其毫无悔意地做成了一张馅饼。阿诺克斯的兄弟阿诺尔夫，翅膀上记录有三次优良成绩，结果在一次担负着紧急求医的行动中被谋杀。当它倒毙在枪手脚下之时，它那双翅膀伸展开来，显露出它一次次胜利的纪录。它的腿上还戴着银质徽章，枪手为此悔恨不已。他将讯息送到了目的地，并把死去的鸽子交还给了信鸽俱乐部，声称那是他"发现的"。鸽子的主人前来见他，枪手在盘问之下崩溃了，被迫承认是他亲手射杀了这只信鸽，而他之所以这么做，就是因为他那可怜的生了病的邻居渴望吃上一顿鸽肉馅饼。

鸽主流下了愤怒的泪水。"我的鸽子，我美丽的阿诺尔夫啊，它带回过 20 次生死攸关的讯息，创造过三次纪录，两次拯救过人类的性命，而你竟为了一顿馅饼就射杀了它。我本可以诉诸法律来惩罚你，但我实在没有心情来实施这样一次可怜的报复。我只想要求你，如果你还有哪个生病的邻居想吃鸽肉馅饼的话，那就来吧，我们会免费为他提供专门用于做馅饼的雏鸽。但是，如果你还有一点点男子汉气概的话，就永远永远不要再去射杀，或者放纵他人去射杀我们高贵无价的信使啦。”

这件事发生时，银行家还在和鸽楼保持着联系，他的心因那些信鸽而充满了温情。他是一个颇有影响力的人，阿诺克斯的英勇功绩直接促成了“奥尔巴尼市鸽子保护法”的通过。

四

比利向来不喜欢蓝角箱(2600C)，尽管事实上它依然继续处于拥有银质徽章的行列，可比利就是坚信它是个劣质货，汽船事故似乎也证明了它的懦弱——它明明就是一个恃强凌弱的家伙。

一天早晨，当比利走进鸽楼的时候，看到两只鸽子正在打架。一只个儿大的，一只个儿小的，两只鸽子轮番地拳脚相加，落羽纷飞，尘嚣弥漫。一把它们拉开，比利才发现那只小不点儿是阿诺克斯，而大块头正是蓝角箱。阿诺克斯虽然打得不赖，但还是被击败了，因为大蓝个儿要比它重上一半。

它们打架的原因很快就查明了——为了一只有着最纯正血统的漂亮的小母鸽。比利虽没有权力扭断大蓝个儿的脖子，但他可以尽可能地干涉，护着他最心爱的阿诺克斯。

鸽子的婚配安排有些像人类。首先一件事就是培养亲近的感情：先把一对鸽子强行弄到一块儿相处一段时间，然后顺其自然。于是，比利就把阿诺克斯和小母鸽在一个单间里关了两个星期。为了万无一失，大蓝个儿和一只随便备选的母鸽在另一个单间里被关了两个星期。

事情最终不出所料。那只漂亮的小母鸽向阿诺克斯投降了，而随便备选的那只母鸽也投向了大蓝个儿的怀抱。两个鸽巢就此开始准备，于是出入成双的幸福生活也就开始了。可是，大蓝个儿高大英俊，他把嗉囊吹得大大的，在太阳底下趾高气扬，还把脖子周围的羽毛用某种方式摆弄成彩虹状，这些足以让那最保守古板的母鸽子回心转意。

阿诺克斯虽然体格强壮，然而形体较小，除了那双明眸之外，并无出众的相貌。况且，它还经常要外出执行要务。而大蓝个儿却无所事事，终日留在鸽楼里展示它那对毫无成绩可言的翅膀。

对于低等动物，特别是对于鸽子来说，对爱情保持绝对忠贞确实有些困难。

从一开始，阿诺克斯的妻子便被大蓝个儿给深深地迷住了。最终，在它的配偶不在家的时候，可怕的事情发生了。

一天，阿诺克斯从波士顿回来，发现大蓝个儿除了拥有着自己的那只母鸽和角箱之外，还霸占了属于阿诺克斯的鸽箱和妻子。一场孤注一掷的战斗随即爆发了。唯一的观战者是那两位鸽子太太，可它们却保持着一种事不关己、

高高挂起的态度。阿诺克斯用它那双闻名天下的翅膀投入了战斗，然而那双翅膀并未因为有着高达20项纪录就成了更好的武器。它的嘴巴和爪子都太小了，它那沸腾的热血和小而坚强的心也不足以弥补自身体重的不足。这场战斗对它十分不利。它的太太漠不关心地坐在窝里，好像没它什么事一样。要不是比利及时赶到，阿诺克斯可能就已经被杀死了。比利愤怒得恨不能拧断大蓝个儿的脖子，但是这个恃强凌弱的奸夫却趁机逃脱了。之后几天，比利一直精心照料着阿诺克斯。一周之后，它恢复了一些。十天之后，它再一次上路了。同时可以看到，它明显已原谅了自己那不忠的妻子，因为他没有表现出任何异常情绪，还是像从前一样占据着自己的窝。那个月，它又创造了两项新纪录。它在八分钟之内飞行10英里并捎回了讯息，而从波士顿回来只用了4个钟头。在路途上的每一刻，它都被心中那恋家的情绪主导着。然而，要是它的太太完全理解它的心思的话，就会应该热情相迎，可它竟又在跟大蓝个儿那个傲慢的家伙打情骂俏了。尽管已经疲惫不堪，它还是发起了一轮决斗，如果不是比利前来干涉，它又有可能搭上小命。比利分开了两个斗士，将大蓝个儿关了禁闭，决心想个法子把它除掉。正在此时，从芝加哥到纽约的“不限年龄赌金全赢制”障碍赛即将举行，全程900英里。阿诺克斯六个月前就被报上了名。它的赌注罚金很高，所以尽管家里在闹纠纷，它的主人觉得它还是必须得出现在赛场上。

鸽子们被火车运往芝加哥，并且将会根据路线的障碍

情况分段放飞，最后一个启程的是阿诺克斯。它们都不敢怠慢，在芝加哥郊外，其中几只一流的飞行者出于共同的冲动，加入到了在比赛中的鸽群里。一只信鸽在随着他的总体方向感飞行时，可能会采取直线的方式，但当他顺着熟悉的路线返回的时候，则会参照那些记在心里的路标。大多数鸽子已经借道哥伦布和布法罗接受过训练。阿诺克斯认识哥伦布这条路线，也认识途经底特律的路线，离开密歇根湖后，它就照直飞往了底特律。这样，它就能赶完有障碍物的路途，并且还能领先很多英里。底特律、布法罗、罗切斯特，它们那熟悉的高楼和烟囱，在它身后隐去，锡拉丘兹近在咫尺。现在正值黄昏，它已经飞行了12个小时，600英里，毫无疑问它处在比赛的领先位置。可是，飞行中一阵异常的口渴向他袭来。掠过城市的屋顶，它看见了一处鸽楼，盘旋了几大圈之后，它缓缓降落，跟着那些鸽子进入了鸽楼，贪婪地在水槽边痛饮起来，就像它以前常干的那样，这也是每一个喜爱鸽子的人对信使们心甘情愿做的事情。这家鸽楼的主人注意到了这只陌生的飞禽。他悄悄地走到一处可以仔细观察阿诺克斯的地方。他的一只鸽子对这个陌生客蓦地拉出对抗的架势，而阿诺克斯则张开翅膀，用鸽子特有的方式侧着身子虚晃一招，结果露出了那一长串印在上面的纪录。这人是个鸽迷，他对阿诺克斯的兴趣油然而生。他拉动绳子，一下子关上了鸽楼的吊门，几分钟后，阿诺克斯便成了他的囚徒。

这个人展开了那印满字迹的翅膀，一条接一条地读着那些纪录，瞥见银质徽章时——那本该是金质的——他读到了他的名字——阿诺克斯。他随即惊叫道:“阿诺克斯！阿诺克斯！哦,我久闻大名,你这个小帅哥,抓到你真是太让我高兴了。”他从阿诺克斯的尾部剪下那封讯息,展开读道:“阿诺克斯于今晨四点离开芝加哥,参加‘不限年龄赌金全赢制’障碍赛,飞往纽约。”

“12 小时飞了 600 英里！太厉害了,打破了一项纪录。”这个偷鸽贼轻柔地、几乎是充满虔敬地将这只拍打着翅膀的飞禽安全放入一个铺着垫子的笼子里。“好了,”他补充道,“我知道要让你留下来那是白费工夫,不过我可以借你配种繁育,得到几只你的后代。”

就这样，阿诺克斯与其他几个信鸽一起被关在了一间又大又舒适的鸽楼里。这人虽是个贼,但却是一个信鸽爱好者。他在每件事情上都尽其所能,确保阿诺克斯的舒适和安全。他把阿诺克斯关在鸽楼里已经三个月了。起初,阿诺克斯整天什么都不做,只是在铁丝网上走来走去,眼睛上观下看地寻找着逃跑的机会。但是到了第四个月,它看起来似乎已经放弃了逃跑的企图,一直监视着它的看守开始了他的第二部分计划。他引进了一只娇媚的年轻母鸽。但是阿诺克斯对此好像没什么反应，甚至对母鸽不太客气。过了一段时间,看守把母鸽子弄走了,只留下阿诺克斯独自待在囚笼里度过了一个月。接着,另一只母鸽子被带了进来,但是,它也没有什么更好的运气。事情就这么继续着——有一年的时间，不同的母鸽被轮番放进来。阿诺克斯不是粗暴地驱逐它们，就是一脸的不屑和漠然，并且，原有的逃离渴望有时会以双倍的力量再度萌生。所以，它会上下冲撞着铁丝网，或是拼尽全力向它猛冲。

当阿诺克斯翅膀上那写满历史纪录的羽毛开始了一年一度的褪换时，他的看守把这些脱落的羽毛视若珍宝似的积攒了起来，当每一片新的羽毛长出来后，他便在上面复制出之前羽毛上所写的纪录。

两年的时光缓缓逝去，看守把阿诺克斯放进了一座新鸽楼，并带进来另一只母鸽子。碰巧的是，它的容貌和阿诺克斯家里不忠实的那位非常相像。阿诺克斯的确留意起了这位新来者。一次，看守发觉到了这个大名鼎鼎的囚徒稍稍注意了一下那只母鸽子。于是，看守自认为它们已是心心相印。他第一次打开了门闩，阿诺克斯自由了。它是在心事重重地徘徊着吗？它是在犹豫吗？不，一刻都没有。鸽楼门刚一打开，它就像子弹一样从敞开的缝隙间射了出去，它伸展开那双印满纪录的奇妙翅膀，想都没想那新婚未久的母鸽，就从这可憎的牢狱中飞离而去——越飞越远。

五

我们没有办法探知鸽子的内心，当我们在想用什么魔法显现出鸽子内心深处爱家和恋家的想法时，我们其实可能就已经误入了歧途。实际上，那就是无论我们怎么强烈渲染、怎么高度赞扬和称颂这种高贵鸟儿身上由上帝赋予、人类培育出的那难以熄灭的燃烧着的爱家之情，都不为过。你可以说那不过是人类为了自私的目的蓄意在鸽子身上培植出来的一种本能，只要你愿意，随便你怎么解释它、剖析它，给它胡乱命名，这种恋家的本能都是存在的。只要那勇敢的小小心脏还能跳动，只要那双翅膀还能扇动，它就是压倒一切、永不消逝的主宰力量。

家，家，甜蜜的家！人类从没有超越阿诺克斯心中那么强烈的恋家之情。这种力量致使它忘记了老鸽楼里的磨难和悲伤。两年的铁窗生涯、新的爱恋，包括死亡的恐惧，这些都无法消磨掉这种力量。如果阿诺克斯拥有歌唱天赋的话，它无疑会像处于极度喜悦之中的英雄那样去放声高歌。当它从那闪耀着阳光的木板上一跃而起，自由地向上盘旋、翱翔的时候，它正是被心中恋家的冲动牵引着——向上，向上，在蓝色的天空中划出一个又一个更大、更高的灰蓝色圆圈，扇动着那印有许多字母的洁白翅膀，直到它们看上去就像两股喷射而出的火焰——继续高飞吧，在恋家以及对那家中不忠伴侣不渝之情的驱使之下。它闭上眼睛，任由翅膀去陈说；它掩住耳朵，就让翅膀去倾诉。我们相信，它忘记了眼前的事情，忘记了两年来的生活，忘记了自己那半生的青春，一心只在蓝天上翱翔，置身世外，如同一个圣徒所做的那样，把自己交付给心灵最深处的向导。它就是一船之长，而所需的导航、海图、罗盘，这一切都深植在他的本能之中。丛林之上一千英尺的高空中忽然传来不可思议的细语，阿诺克斯立即如箭矢一般朝着东南偏南的方向迅捷飞去。它身体两侧那闪烁着的一小团白色火焰消失在了低空，那恭敬的盗鸟贼再也看不到阿诺克斯的身影了。

一列特快列车正冒着蒸汽在峡谷中行进。它远远在前，阿诺克斯俯瞰着它，不一会儿就将它甩在了身后，如同飞翔的野鸭超越一只游水的麝鼠。它时而高飞于峡谷之上，时而低低掠过冰碛形成的丘陵，所经之处，一阵微风穿过松枝。

一只鹰从橡木树梢的巢中起飞，一声不吭地绕着弯子迅速扑去，它已经瞅准那只鹰，认定了它就是自己的俘虏。而阿诺克斯既未左右闪躲，也未上下翻飞，更未慌乱手脚。鹰正在前方不远处等待着，可阿诺克斯却一掠而过，竟然就像一头正值壮年的鹿从拦路的熊身边跑过一样。家！家！它心中只有这样一个燃烧着的念头和不顾一切的冲动。

振翅！振翅！振翅！那闪耀的羽翼现在正飞速滑翔在熟悉的路途上。一小时后，凯兹基尔山已近在咫尺。两个小时后，它越过了这座山丘。那些亲切的老地方，此刻正迅疾地迎面扑来，给了它更多展翅翱翔的力量。家！家！这是它在心里默默吟唱着的歌。就像快要渴死的旅人，突然发现了前面不远处的棕榈树，它那明亮的眼睛也蓦然望见了曼哈顿远远飘起的炊烟。

从凯兹基尔山顶飞来一只游隼。它可是最迅猛的劫掠强盗啊，它的力量和它的翅膀都非常卓越，它以捕食可口的猎物为乐。已有好多好多只鸽子被逮进了它的老巢。眼下，它正乘风而来，一面俯冲，一面蓄积着力气，等待着适当的时机。哦,它是多么会把握时机啊!它像一杆标枪似的飞速下降,没有一只野鸭和老鹰能够躲过它,因为这是一只游隼。现在该转身了,啊,阿诺克斯,快救救你自己吧——从这危机四伏的山丘绕道而行。它调头了吗?一点儿也没有!因为它是阿诺克斯。家!家!家!这才是它唯一的念头。遇到危险,它只是选择加速而已。游隼扑过来了,它扑向的是什么呢?是一抹亮丽的色彩,一道耀眼的白光——游隼只能空手而回。阿诺克斯像从投石器中射出的石子一样在山谷中疾飞而过,难辨踪迹,只可见一个白色的光斑一闪而过。低空飞翔在亲爱的哈德森山谷,那熟悉的公路它已经两年未曾见过了!此刻,它正向低处降落,正午的微风从北方徐徐吹来,吹皱了它身下的一泓江水。家!家!城市的高楼已进入眼帘!家!家!飞过了庞科皮斯那座巨大的蜘蛛桥,它沿着河岸边掠过。风儿吹起,此刻,它正低低地飞翔在岸边。好低啊,哎呀!太低了!

是什么恶魔引诱一个枪手埋伏在了六月天的山边?是什么魔鬼让他将目光聚焦在了从北面蓝天飞来的那一团闪耀的白光?哦,阿诺克斯正在低低地掠过,别忘了下面埋伏着枪手啊!太低了,太低了,你在紧贴着山岭划过啊。太低了——太迟了!一道火光——"砰"的一声!那致命的子弹击中了它。它被打中了,它受伤了,但是并没有跌落下来。印有成绩纪录的羽毛从那闪动着的羽翼上掉落下来,向东方纷纷飘散。那次航海纪录上的"0"字不见了。现在,能够看到的已经不是"210 英里",而是"21 英里"。哦,可耻的劫掠！它那雪白的胸口上出现了一个污点，可阿诺克斯还在继续飞翔。家！家！它朝着家的方向飞啊。危险瞬间过去了。它一如既往地径直向着家的方向飞去，但是，它那神奇的速度降了下来，现在已经不是一分钟一英里了，而且风也在它那七零八落的羽翼上弄出了太大的声响。即使胸前沾满血迹，使不上力，它还是继续向前飞。家，已经看到家了，它忘记了胸口上的疼痛。掠过泽西岛的悬崖峭壁时，城市那高高的楼宇便清晰地出现在它那能够望得很远的眼睛里。继续，继续——双翅也许是疲惫了，眼睛也许是模糊了，但是对家的爱恋却越来越强烈了。

在高高的帕利塞德斯悬崖下，风被阻挡住了，它从这里飞过，来到波光粼粼的水面之上，来到树林之上，又来到那些游隼的巢穴之下，来到那些强盗的城堡之下，而巨大阴森的游隼们正蹲伏在那里呢，就像蒙面的拦路大盗，它们虎视眈眈地瞄准了飞来的鸽子。它们是阿诺克斯的老相识了。许多未能送达的讯息就躺在那个巢穴里面，许多印有纪录的羽毛曾从这一堡垒里飘落。不过，阿诺克斯从前已经与它们打过交道，现在它又像从前那样迎上来了——继续，继续向前，快啊，但已不如从前那么快了；那致命的一枪渐渐削弱了它的体力，减缓了它的速度。前进！前进！而游隼们也争取着时间，如两只利箭一样向前射出，它们仗着自己的强悍和闪电般的迅疾，去对付这只虚弱、疲惫的信鸽。

何必还要讲述随后的那场角逐呢？何必还要描绘那小

小勇敢心灵面对可望而不可即的家园时的那种绝望呢？刹那间，一切都结束了。游隼们发出了胜利的尖叫，它们一边尖叫，一边轻快地滑翔，折回了自己的老巢，它们抓着猎物的身躯，那是可怜的小阿诺克斯的尸身。在那岩石上，强盗们的嘴巴和爪子都被英雄那生命的鲜血染红了。阿诺克斯那副无敌的翅膀被撕扯成了碎片，上面的那些纪录散落在无人注意的角落。它们躺在太阳和暴风雨下，直到那些游隼们也被杀死，连它们的大本营也被端掉。有人在厚厚的灰尘和垃圾深处找到了一些信鸽的银色脚环，其中一个银环的上面耐人寻味地铭刻着："阿诺克斯，2590C。"直到此时，才有人知道这只举世无双的鸟儿竟殒命于此。

荒山比利:战无不胜的狼

午夜嚎叫

你知道捕猎之狼的三种叫声吗？拉长的低嚎像是召集之声，那是告诉同伴们它发现的猎物太强壮了，自己单独对付不了；更响亮的悠长、渐强的嚎叫，是群狼正在循迹追踪；短促低嚎的尖声吠叫，听着没什么威胁，其实是“围攻”的暗号，预示着猎物的生命快要结束了。

我和金正骑行在荒山孤峰之上，身后一群各色猎狗或列队而行，或在一旁撒欢小跑。太阳已经落山，天际一道如血的残霞就在哨兵孤峰的不远处。山丘朦胧一片，山谷漆黑，这时，从最近的昏暗之处回荡起一阵悠长的嚎叫。所有人凭着直觉就能认出这种叫声，虽然现在狼已经对人类全然失去了威胁，但是这种叫声仍能令人毛骨悚然。我们侧耳倾听了片刻。猎狼人金打破了沉默，说：“那是荒山比利，这不就是它的声音吗？今晚它出来找牛排了。”

远古时代

在远古时代,野牛群一直被狼群追逐,狼群捕食着老弱病残的野牛。野牛灭绝后,狼维持生计开始变得困难起来,但是人类饲养的牛出现了,从而解决了狼的生计问题。这就导致了人狼之间的战争。大农场主为每一只被杀死的狼开出了高额赏金,于是每个失业的牛仔都配备了捕杀狼的夹子和毒药。真正的能手干脆就把这变成了他们的独家生意,成为众所周知的猎狼人。金·瑞德就是其中的一员。他是个安静的、说起话来柔声细气的小伙子,长着一双敏锐的眼睛,长期对动物生活的观察给了他一种特殊的驾驭野马、狗、狼和熊的能力,但是对后两者来说,他的能力仅仅表现在推测它们的方位以及如何最好地接近它们这方面。他成为一名猎狼人已有多年,听到他说"在他的全部经历中,从来就不知道狼会主动攻击人"时,我大吃了一惊。

其他人都在睡觉的当儿,我和金总爱在营火旁聊天,我就是在那时从他那里知道了一点儿荒山比利的情况。"我已经见过它六次,跟你打赌,第七次见面将会在这个星期天,然后它会休一个长假。"在夜晚呼啸的风声和野狼的狂嚎中,我听到了猎人的讲述,还有其他从多处搜集而来的情况,它们让我知道了大黑狼比利的故事。

山涧之中

时间要追溯到 1892 年的春天,一个猎狼人正在哨兵山的东面猎狼。五月,动物的毛皮质量还不好,但是赏金却很高，一个狼头五美元，母狼则价格翻番。一天早晨，当他沿着小溪下行时，看见一头狼在对岸喝水。他随便就是一枪，射死之后才发现这是一头正在哺乳的母狼。显然，她的家就在附近某个地方，于是他花了两三天的工夫，寻遍一切可能的地方，但就是没有发现狼窝的蛛丝马迹。

两个星期以后，当猎狼人骑往由一处瀑布冲击而成的山洞时，他看见一头狼从山洞里走了出来。他挥起早就准备好的来复枪，又一张十美元的狼头皮成为既有的战果。接着，他掘开狼窝，发现了一窝幼崽；最让他吃惊的是，一窝狼崽通常只有五到六只，而这一窝里却有十一只。并且说来奇怪，这些狼崽子的体型有两种大小，其中的五只比另外六只体格更大、岁数也更长些。此处应该是一个母亲和来自两个不同家庭的成员生活在一起，当他把狼崽们的头皮收入到他那串战利品里时，开始明白了事情的真相。事情明摆着：较小的那一窝狼崽一直在等待着它们永远也回不来的妈妈，凄凄哀鸣不已，并且随着愈发难忍的饥饿，哀鸣之声也愈发响亮了。打此路过的另一只母狼听到了狼崽们的叫声，它即刻心软了，想到自己的小宝宝们也是最近才降生的，于是，它决定照料这些孤儿，把它们带回了它自己的窝里。这只母狼一直供养着这来自两个家庭的成员，直到猎狼人用来复枪中断了这个温情脉脉的故事。

很多猎狼人掘开狼窝后都一无所获。老狼或者也可能是小狼崽们经常会在狼窝边上挖些小洞和逃跑通道，当敌人闯入时，它们就躲进这些小洞里。松软的泥土遮掩住了这些小洞的洞口，这样幼崽们就得以逃过一劫。当猎狼人带着他的狼头皮退去的时候，他不知道所有狼崽中最大的那只还藏在洞穴里，即便他再等上两个小时，也不可能发现那只最大的狼崽。三个小时后，太阳落了下来，洞穴里隐约传出一阵轻微的抓挠声。先是露出两只小小的灰爪子，然后是一个小小的黑鼻子，从洞穴一边柔软的沙土堆里露了出来。最后，小狼崽从它的藏身之处爬了出来。它被窝里遭到的袭击吓坏了，搞不明白这到底是怎么一回事。

现在，洞穴变得有原来的三倍大，洞顶也敞开着。躺在跟前的那堆东西闻起来像是它的兄弟姐妹，但是它们却让它有些反胃。在嗅着它们尸体的时候，它充满了恐惧，于是就偷偷溜进一旁草地上的灌木丛里去了。这时，一只夜鹰在它的头顶低沉地叫了一声。它在那片灌木丛里蜷缩了整整一夜。它不敢到跟前的洞穴里去，也不知道还能到哪里去。第二天早晨，当两只秃鹫扑向那些尸体时，小狼崽在灌木丛里惊慌逃窜，只好去寻找更隐蔽的地方了。顺着一条沟壑，它来到了一座宽阔的山谷里。突然，草丛中冒出一只大母狼，长得很像它的妈妈，然而还是不太一样，这是一个陌生者。当这头母狼跳向它的时候，迷途的小狼崽本能地扑倒在地上。毫无疑问，这只小狼崽已成母狼的合法猎物了，但是，一股气味让母狼改变了主意。它在小狼崽前站立片刻，小狼崽则乖乖地趴在了母狼脚下。母狼想要杀死它的冲动或至少给他点儿颜色看看的想法顿时消失了。小狼崽浑身散发着幼崽的气味。它自己的孩子也像它这么大，

她的心被触动了，当小狼崽鼓起勇气抬起它的鼻子嗅了嗅母狼的鼻子时，母狼除了一声不太热心的短促嚎叫之外，并无什么生气的表示。然而，小狼崽此刻倒是闻到了某种它急需的东西。从前天开始，它就没有吃过东西了。当这头母狼转身要离去时，小狼崽拖着笨拙的小腿跌跌撞撞地跟在了它的身后。如果母狼的家离得太远，小狼崽一定很快就被甩在后头了，可最近的山洞就是母狼选择的居所，所以小狼崽跟在母狼后面没多久就来到了洞口。

一开始母狼以为是敌人，连忙冲上前去防卫，当母狼在洞口发现是小狼崽时，它身上那股气味所唤起了它的母性，这又一次让母狼抑制住了自己的进攻。小狼崽躺倒在地表示着完全的驯服，不过，这并未耽误它的鼻子向他报告，在几乎触手可及之处就有好吃的东西。母狼走进洞里，蜷伏起身子护佑着它的一窝幼崽，小狼崽也执意跟了进来。当它靠近母狼的幼崽们时，母狼龇牙低吼了起来，但是母狼的愤怒每次都被小狼崽的臣服和嗷嗷待哺的状态给消解了。眼下，小狼崽成了母狼孩子中的一员，随意索取着它格外想要的东西，这么一来，它也就被这个家庭接纳了。几天以后，它变得都有些喧宾夺主了，以至于狼妈妈竟忘了它是一个不速之客。然而，它和其他小狼崽还是有好几处不同——它比它们大两周，更强壮些，脖子上和肩膀上都长有预示着以后它将会长成一头黑色长鬃狼的标记。

有了一位好养母，这让小长鬃黑狼的快乐自不待言，因为这头黄狼不仅是一个诡计多端的出色猎手，而且还是一

头满脑子都是现代想法的狼。那些去惊扰一只牧羊犬、接力追逐羚羊、咬断一匹野马的跟腱，或从侧面围追堵截一只公牛等捕猎的老法子，部分是得自它的本能，部分是它跟着那些经验丰富的亲戚们在冬季合伙捕猎时学到的。但是，现如今这些已经不够用了，所有的人都携带着枪，枪那玩意是狼没法抵挡得了的，它已经领教过枪的厉害，唯一的办法就是在太阳升起之后远离人的视线，躲开他们；而到了晚上，他们也就伤害不了自己了。对于捕狼夹子它相当了解，它曾被夹住过，尽管在奋力挣脱之后丢掉了一个脚趾，但那是为保命而牺牲掉的一个脚趾，算是最佳的处置措施了。从此，虽然并不了解那些夹子到底是什么东西，但它还是对它们充满了恐惧，明白那铁家伙确实很危险，无论如何都应敬而远之。

有一次，当它和其他五只狼计划袭击一座羊圈时，因为出现了一些新串联起来的铁丝，它在最后一分钟退缩了。其他几只冲进去找羊的狼还没等到达跟前，就掉进了死亡的陷阱。

于是，它又领教了这些新近出现的危险，在对它们尚不十分清楚的情况下，它便已对所有陌生东西都有了一种审慎的不信任感，每年，它都能成功地将孩子们养大，因而这个地区的黄狼数目在不断增加。枪、夹子、人及其带来的一些新的动物它都已经熟知了，但是在它前面还有另一个考验——那是一堂的的确确极其可怕的课。

大约在长鬃黑狼的小兄弟们一个月大的时候，它的养

母以一种奇怪的状况回到了家中。它的嘴里吐着泡沫，四肢打战，浑身抽搐地倒在了洞口不远处，但它还是恢复了过来，走进了洞穴。它的上下颏颤抖个不停，当它试图去舔舐小家伙们时，牙齿有些打战。它叼住自己的前腿咬了起来，以免咬伤它的孩子们。但是最后，它终于变得平静安定下来。小狼崽们因为害怕一度撤退到了远处的小洞里，直到这时才又回来，簇拥着它，像从前一样找奶吃。狼妈妈恢复了正常，但是大病了两三天，而就在这些天里，它体内的毒素给一窝幼崽带来了灾难性的后果。它们都病倒了，只有那只最强壮的得以存活下来。当这场体力的考验结束时，洞穴里只剩下了这只狼和那只长鬃黑狼崽。从此，小长鬃黑狼便成了它唯一的责任，母狼把所有的精力都投入到了对它的喂养上，它也因此迅速成长起来。

狼熟悉某种东西很快。对气味的反应是一只狼所拥有的最强烈感觉，由此，小狼崽和它的养母都经历了一次匆匆而又不可理喻的恐惧感，再一闻到马钱子碱的那种气味时便心生憎恨。

狼训入门

从此，其他几只小狼的口粮都由那只长鬃黑狼崽独享，它很快就长大了，到了秋天，它开始跟随母亲踏上捕猎的征程。这时，它已经长得和妈妈一样高了。现在，这里的一个新变化对它们造成了压力，即小狼的数量正在上涨。哨兵孤峰是平原上的一座岩石堡垒，被许多个头又大又壮的狼所占据。弱小者都必须迁徙出去，黄狼和小黑狼也在其中。

狼群没有人类那种意义上的语言。它们的词汇可能仅限于十几种长嚎、吠叫、咕哝等，表达的只是最简单的情感。但它们还有其他几种传递想法的方式，其中有一种很特别的传播讯息的方法——狼电话机。在狼群的活动范围内散布着许多公认的"中心"。有时是些石头，有时是交叉小径的拐角，有时又是野牛的一个头盖骨——的确，任何靠近主路的显眼东西都会被用上。一只狼在这里呼叫，就像一条狗在一根电线杆上或一只麝鼠在某个泥堆顶上所做的那样，会留下它身体的气味，并且会获悉其他访客的信息，比如谁何时来过，去往何方，状态如何，是否处在捕猎、挨饿、饕餮抑或生病之中。通过这种注册登记系统，一只狼能知道它的朋友在哪里，它的敌人在哪里。长鬃黑狼跟随着黄狼，养母其实并未多么刻意地企图去教授它，但是它也学会了许多信号站点的使用方法。靠本能的引导，又有黄狼的示范，小黑狼学得很快。其实，这跟人类培养孩子的方式差不多。

小黑狼已经掌握了狼的基础生活知识：与狗战斗的方法是奔跑，在奔跑中战斗时永远不要跟它扭打在一起，而是不停地扑咬；跟骑马的人战斗时，要往坎坷崎岖的地区跑，直到骑马的人寸步难行。

它知道在捕猎时不要招惹那些跟在身后捡便宜的郊狼：你无法抓到它们，它们对你也没有什么伤害。

它知道不必浪费时间去追逐飞落在地上的鸟儿，而且一定要远离那些毛色黑白相间、长着浓密尾巴的小家伙。它的肉很不好吃,况且还有一股很难闻、很难闻的气味。

毒药!哦,从它所有兄弟们的尸体被清理出洞穴的那天起,它就再也忘不了那种气味了。

现在它也知道了,攻击羊群的第一步就是分散它们;一只孤零零的羊是愚蠢的,很容易捕获;而围捕一群牛的方法则是恐吓其中的小牛犊。

它还学会了,必须从后面袭击一头公牛,从正面袭击一只羊,攻击马要从中间下手,也就是攻击马腹,并且永远、永远都不要去攻击人，甚至同他们照面时也不要去攻击。但是,还要再加上至关重要的一课,那是养母特意教他识破的一个秘密仇敌——陷阱。

陷阱一课

小牛犊被打上烙印的时候就不再是一只小牛犊了,这时,它已经出生两周,在一只狼看来,这是它最美味的时候,既不太嫩也不太老,风会把这种信息远远地给狼捎来。这天,黄狼和小黑鬃狼出去寻觅晚餐,还不知道该去哪里的时候,牛犊肉的气味传来了,它们随即迎着风小跑而去。那头小牛犊倒在一片开阔地里,月光之下能够看得清清楚楚。也许是哪只年迈的狼将牛犊袭击成了这个样子,而正巧一条猎狗打这里跑过,让其不得不丢下这具尸体。但是，不断的作战已使黄狼的警觉性逐渐得以发展,它什么都不会轻易相信,除了它的鼻子。它放缓了前行的速度,走到易于观察的地方,它停了下来,长久地来回嗅着,借着风做了好几次精密的化学分析。最终它的鼻孔有了可靠的分析报告,是的,毫无异议的报告。首先,牛犊肉肥美的气味占70%;草、虫子、木头、花、树、沙土以及其他它不感兴趣的无用气味占 15%;小家伙和自己身上的气味,肯定存在,但可以忽略,占 10%;人走过的气味占到 2%;烟火的气味占1%;汗津津的皮革味儿占 1%;铁的气味只有一丝而已。

老狼稍稍弯下身子,但摆动着的鼻子嗅得更起劲了;小狼模仿着做同样的动作。老狼退回到更远的距离,小狼则站着不动。老狼发出一声低沉的哀号,小狼不情愿地跟了过去。老狼围绕着那诱人的尸体走着,捕捉到了一种新的气味——那是郊狼的足迹,紧接而至的是郊狼身体的气息。是的,郊狼们正沿着附近的一座山脊潜行,这时,当它走到另一边的时候,气味变了,风中几乎没有了小牛犊的丝毫气息,取而代之的是混杂的、普通的气味。人类足迹的气息依然如故,皮革的气味不见了,可铁的气味却有整整0.5%,人的体味则上升到近乎 2%。

老狼提高警惕,通过僵硬的姿势、外表的示意以及那微微竖起的鬃毛,它把自己的恐惧传达给了小狼。

它继续转着圈。某一刻,在一个高处,人的体味浓了一倍,等它走下来后,味道变淡了。随即,风刮来满鼻小牛犊的气味,还夹杂着几只郊狼和各种小鸟的气息。当它从上风口绕着小圈靠近那诱人的大餐时,它的疑心开始有所放

松。它甚至径直向前走了几步，这时，汗津津的皮革的气味更明显了，而且烟火和铁的气味混合在一起，就像两绺不同颜色的纱线拧成的一根绳子。这使它集中起全部注意力，前行到距离小牛犊两大步以内的地方，地面上有一小块皮革，上边有人碰过的痕迹，小牛犊近在咫尺。现在，这铁和烟火的气味混杂在小牛犊的气味之中，就像是穿过牛群蹄印的一条蛇的足迹。凭着年幼者的贪嘴和急躁，小狼竟如此轻率地推开妈妈的肩头，想走上前去开吃。母狼一口咬住小狼的脖子，把它拽了回来。被小狼踩到的一块石头朝前滚去，随着一种特殊的响声停了下来。危险的气味就此大大增强了，黄狼从那顿大餐前慢慢退去，小狼则很不情愿地跟在了母狼的身后。

当小狼恋恋不舍地望去的时候，它看到郊狼开始靠近了，郊狼很注意避免和它们这种狼照面。小狼注视着郊狼们那种小心翼翼的前行方式，可和妈妈接近猎物的方法比起来，小狼现在看上去就像是掉以轻心的冲撞。此刻，小牛犊那喷香的气味席卷而来，因为郊狼们正在撕扯着它的肉，就在这时，突然传出一声尖锐的响声，还有一声郊狼的惨叫。与此同时，吼叫声和火光打破了夜的寂静。密集的子弹打在了小牛犊和郊狼的身上，郊狼就像挨打的狗那样惨叫着四处逃散。一条郊狼当场毙命，另一条掉进了猎狼人设在那儿的陷阱里苦苦挣扎着。空气中充斥着的可憎气味现在大幅增强，并且还平添了恐怖的气息。黄狼滑下山谷，领着它的孩子飞快地跑开了。就在离去的时候，它们看见

一个男人从河岸附近冲过来，那正是母狼发现人的气味的地方。它们看见那人杀死了被困的郊狼，并重新布置好了陷阱。

黄狼上当

生活是一场艰苦卓绝的博弈，我们可以赢它成千上万次，可一旦我们哪怕只输掉一次，就会前功尽弃。黄狼数百次轻易地避开了陷阱，也教会了多少个幼崽识破陷阱这一招！在其生命里遭遇的所有危险中，它最了解的就是陷阱了。

十月来临，小狼崽现在长得比妈妈还要高了。猎狼人曾见过它们一次——一只黄狼身后跟着另一只狼，它长着笨拙的长腿、柔软的大脚、细细的脖子和短短的尾巴，这些特征表明它应该是当年他遇见的狼崽。从尘土和沙地上留下的印记来看，那头老狼失去了右脚的一个前趾，幼狼则体形魁硕。

猎狼人是想借小牛犊的尸体捞上一笔，可令他失望的是只猎杀到了郊狼，而不是想要的野狼。正是开始猎捕的季节，因为这个月的野兽毛皮是最好的。一名不成熟的捕手经常把诱饵固定在捕狼夹子上，而一名老练的捕手则不会这样做。一个好捕手甚至会把诱饵放置在远离夹子十或者二十英尺远的地方，可那正是狼极有可能会绕行而过的地方。最好的方案是围着一处开阔地隐藏三或四个夹子，并在中间撒上一些碎肉。夹子经过烟熏后掩盖了人手和铁的气味，然后被埋藏在隐蔽之处。有时候没有诱饵，只用一小团棉花或是一丛羽毛，也可以吸引狼的注意，或是激起它的好奇之心，诱使它绕进致命与凶险之地。一个好捕手会不断变换方法，这样狼就不可能搞懂他的路数。狼们唯一的防护措施就是保持永久的警惕，不信任任何它们所熟悉的人的气味。

猎狼人带上许多最结实的钢制夹子，在“棉白杨”林中开始了他秋天的工作。

此地有条野牛迁徙的古道，路的一段没入小河，而后又顺着小山谷蜿蜒上升，通往平坦的高地。所有的动物，无论是狼、狐狸，还是牛和鹿，都会途经这条线路：它是主干道。不远处一个棉白杨树桩没入满是沙砾的溪流中，树桩上留有狼的信号，告诉了猎狼人它的用途。这里是设置陷阱的绝佳之地，陷阱不能设在小路上，因为小路上有太多的牛经过；在二十码之外一处平坦的沙地上，猎狼人在一块十二平方英尺的区域内放了四个夹子。每个夹子附近都扔了两三块碎肉，还在中间的草尖上放了三四片羽毛，这才算完成了陷阱的布置。当风吹日晒和飞沙走石驱散了人的踪迹之后，人的眼睛、动物的鼻子都难以侦查出掩藏在沙地之上的危险情况了。

这样的陷阱黄狼看穿了千百次，还教过它高大的儿子。

牛群在大热天里来到了河边。它们成群结队，踏过古道，正如从前的野牛一样。那些小夜鸣雀在它们面前飞来飞去，燕八哥干脆落在了它们的背上，而牧羊犬则跟在它们身边聒噪个不停。

从布满绿灰色岩石平顶山上下来，牛群便不得不神情严肃、郑重其事、直奔目标地行进着。一些爱闹着玩的小牛沿着路线一路玩耍，在要到达河谷的时候也变得严肃起来，乖乖地跟在了妈妈的身后。队伍领头的老母牛在经过那陷阱装置的时候，心存狐疑地嗅来嗅去，但离得还远着呢，不然的话，它可能已经踩到那些夹子，正冲着鲜血淋漓的碎肉大声惨叫，直到每一个夹子都弹起来为止。

母牛领着牛群来到了河边。都喝饱了肚子后，它们便卧倒在最近的河堤上，直到傍晚来临。这时，它们肚子饿了，催促它们动身往回走，那里长着最茂盛的牧草。

一两只小鸟啄着地上的碎肉，几只绿头苍蝇围着碎肉嗡嗡乱飞，夕阳西斜，沙土掩盖的捕兽夹还未被触动。

当落日开始色彩的变幻时，一只棕色的湿地鹰从河面上掠过。乌鸦们冲入灌木丛中，轻易地躲过了湿地鹰笨拙的突袭。天还太早，老鼠尚未出洞。在湿地鹰掠过地面时，它那敏锐的眼睛捕捉到了陷阱旁飘落的羽毛，于是改变了飞行方向。没等它靠近，便发现那几根羽毛下面根本就没有什么东西，不过这时它看到了那些碎肉。湿地鹰太单纯了，它飞落下去，在吞吃第二块肉的时候——只听见当啷一声——尘土高高扬起，湿地鹰的脚爪被夹住了，它徒劳地在捕狼夹强有力的“虎口”中拼命挣扎。它的伤势不算严重。那宽大的翅膀呼扇个不停，湿地鹰用力挣脱着，但是根本无济于事。当落日变幻出强烈的斑斓色调时，湿地鹰发出了最后的绝唱，只能在西面一片耀眼的光芒中慢慢死去。在高耸平坦的孤峰之上，响起了一阵深沉、浑厚的声音，回应它的则是另一不是很长、也未再重复的叫声，两种声音都是本能使然，而非出于什么必要。前一阵叫声是一只普通的狼所发出的集结号，后一阵叫声是一只硕大的公狼的应答，这可不是一对儿，而是母子俩——黄狼和长鬃黑狼。它们一起沿着水牛的踪迹小跑过去，在山丘的“电话盒子”那里停顿了一下，又在老棉白杨树根那里驻足片刻。当陷阱里的湿地鹰在扑棱翅膀的时候，它们正在向那条河走去。老狼朝湿地鹰转过身去，发现这确实是一只受伤在地的鸟，便扑了上去。太阳和沙土早就掩埋了所有的踪迹和气味，没有任何东西向母狼发出警告。它扑向那只奄奄一息的鸟，一口结束了湿地鹰的麻烦。但是，一种可怕的声响——它的牙齿咬在了钢铁上——宣告它已身处险境。它丢下湿地鹰，猛然从危险之地跳回，但却踏在了第二个陷阱上。捕兽夹正好夹住了它的脚，它拼出浑身的力气蹦跳，想要逃脱，但又将前腿落在了另一个埋伏着的钢夹子上。以前，从来没有一个陷阱是这样放置诱饵的。它从来没有如此地掉以轻心，也从来没有这么确信自己困在陷阱之中了。老狼的心里充满了恐惧和狂怒，它又拖又拽，啃咬着锁链，狂吼得满嘴冒沫。如果只是一个夹子，它还有可能挣脱。而两个，它就回天乏术了。它越是起劲地挣扎，夹子无情的“虎口”便越是深深地咬进它脚上的皮肉。它冲着空中狂乱地猛咬一气，把老鹰的尸体都咬成了碎片；它短声咆哮着，咆哮出的是一只狼的疯狂。它撕扯着被夹住的腿，狂暴地啃着自己的腰部，甚至发疯般地咬掉了自己的尾巴，所有的牙齿都因啃咬钢铁而碎裂了，糊着泥沙的嘴巴满是血沫。

它一直挣扎着直到倒地，身体一会儿扭动，一会儿像死了一般地躺着，但等到攒足了力气，便又开始了新一轮牙齿与锁链的拉锯战。

就这样，一夜过去了。

长鬃黑狼呢？它在哪里？养母中毒回家那次给它的感觉此刻又一次袭来；不过，这一次它的心中更加恐惧。母狼看上去浑身充满了仇恨的杀气。长鬃黑狼走开去哀鸣了一小会儿，见母狼倒在地上不动时，它又返了回来。而在母狼冲它发火后，接着重又开始努力对付起脚上夹子的时候，小狼只好再一次退去。小狼不明白是怎么回事，但是它十分清楚，妈妈这次是遇到了可怕的麻烦。

长鬃黑狼在此徘徊了整整一夜，它害怕靠近母亲，不知道如何是好，跟妈妈一样无助。

第二天黎明，一个寻找丢失羊只的牧羊人在邻山上发现了它。他用信号镜传呼了营地的猎狼人。长鬃黑狼看到了这一新的危险。虽然它如此高大，可它还仅仅是一头幼狼；它没有能力对付这个人，没等这人靠近它就逃跑了。

猎狼人骑马赶来，看到了陷阱中可怜、狼狈、流血的母狼。他举起来复枪，母狼即刻停止了挣扎。

猎狼人查看了周边的蛛丝马迹，再回想起他以前看到的那些迹象，猜出这就是哨兵孤峰的那只母狼和它了不起的幼崽。

在长鬃黑狼急匆匆躲藏起来的当儿，它听到了枪响。它还不太清楚这意味着什么，但是从那以后它再也没有见过自己慈爱的养母。从此，它必须独自面对这个世界了。

年少初成

本能无疑是一只狼最初和最好的向导，但是天才的父母也是一生中极其重要的老师。这只长鬃小黑狼有过一位无比优秀的母亲，它学会了养母全部的聪明才智。它还继承了一个灵敏的鼻子，并绝对信任来自它的所有警告。人类则很难认识到鼻孔的能力。一只灰狼可以用鼻子浏览早晨的风，就像人浏览报纸那样，以获知所有最新的消息。它通过来回闻嗅地面，就能够获得数小时之内从此路过的每个生灵的最详细的信息。它的鼻子甚至可以告诉它，那个生灵往哪条路跑去了。总之，每个最近经过此地的动物何时而来，去往何处，狼的鼻子都会了解得一清二楚。

这种能力使得长鬃黑狼显得出类拔萃。了解狼的人都知道它那宽大湿润的鼻子就是这种能力的证明。除此之外，它的名气还来自于非同寻常的能量和耐力，还有一点就是它早早就学会了要对每一种陌生的东西都怀有深深的不信任感。对它而言，这比所有的聪明才智都更有价值。就是这种精神和它体能的优势，确保了它一生的不败。在狼所生活的这个地方，实力说了算，长鬃黑狼和它的妈妈因此曾被赶出了哨兵孤峰。但是，这里是个让它很享受的地方，它一路游荡着又回到了自己出生的这座大山。这里有一两只大狼对于它的到来愤愤不平。它们驱逐了大黑狼好几次，然而每次返回来后，它都能更好地对付它们。在不到十八个月大的时候，大黑狼已经打败了所有的对手，再次奠定了自己在老家的地位。它在那里像一个强盗男爵似的生活着，一边在这片富饶之地征收着贡品，一边在岩石堡垒里独享着安宁。

猎狼人金·瑞德经常在这一区域打猎，不久之后，他遇到了一只巨狼留下的脚印，足有五英寸半。粗略估算一下，狼足的足宽乘以二十至二十五磅可以算出体重或可以算出肩高，因而这只狼站起来从脚到肩的身长将高达三十三英寸。还可以计算出，这只巨狼体重大约一百四十磅，是迄今为止他所遇见过的最大的一只狼。金曾经生活在山羊乡，这时，他用当地方言惊呼道："跟你打赌，这不就是一只老比利[①]吗？"于是，纯属偶然，长鬃黑狼就作为"荒山比利"被它的仇敌所知晓了。

金熟悉狼所发出的召集之声，那是一种悠长、流畅的叫声，但是比利的叫声却有着一种怪异的特征，那是一种与众不同的一连串含混不清的叫声。以前在棉白杨山涧，金就听到过这种叫声，但在最终撞见那只长着黑色鬃毛的巨狼时，他才突然想到这原来就是自己捕杀的那只老黄狼的幼崽。

①人们把公山羊叫作比利。

这些都是那晚我们坐在火堆旁时，金告诉我的。我知道，早些时候任何人都能够用夹子和毒药捕杀狼，但那样的日子已经过去了，狼的后代有新的诡计来对抗牧场主的法子，而且它们的诡计在持续增多。此刻，这位猎狼人给我讲述起了潘儒夫和他的各色猎狗所经历过的那些冒险故事：猎狐狗搏斗起来太显单薄；当野兽跑出视线之外时，灰狗是没有用的；丹麦狗的身子太笨重，不适合这种山路崎岖的地方。而最终，潘儒夫把所有这些猎狗组合在一起，时而还派一条斗牛犬来率领着它们决一死战。

他说，对郊狼的追捕通常会获得成功，这是因为郊狼出没于平原，很容易被灰狗捉到。他还说这么一群猎狗捕杀过一些小灰狼，但是通常要以牺牲领头狗为代价。而且，他一直惦记着哨兵孤峰那只老黑狼，他说有很多次猎犬队设法将那头老黑狼追得筋疲力尽或是逼得它走投无路，可结果却是猎犬队被打得七零八落。因为这只巨狼有着非凡的毅力，所以得以继续以潘儒夫家最好的家畜为食，而且每年还教会了更多的狼这么干却又可以毫发无损。

我静静地听着，就像淘金者听藏宝之地的故事一样，因为这些就是我正忙的事情。这些事情的确就是我们所有人心里最重要的事情，因为潘儒夫的那群猎犬此刻就趴在我们的营火周围。我们出来就是追寻荒山比利的。

夜晚的嚎叫声与清晨的大脚印

九月底，最后一缕光线消失于西方天际后的夜晚，郊狼们开始齐声狂吠，其间，可以听见一种深沉、雄浑的声音。金掏出他的烟斗，转头说道："那就是它——就是那只老比利。它一整天都在从高处观察着我们，现在等枪发挥不了作用的时候，它又到这里来跟我们寻点儿开心啦。"

有两三条猎狗站起来，鬃毛竖起，它们清楚地辨别出这不是郊狼的声音。猎狗朝夜色中冲去，但并没跑多远。突然，它们那挑衅的叫声变成了各种急促的尖叫，并跑回了营火旁寻求庇护。一条猎犬的肩膀被严重咬伤，已胜任不了后面的捕猎了。另一条猎犬伤到了侧身——看起来伤得好像并不太严重，但到了第二天早晨，猎人们却只能把它埋葬了。

人们愤怒了。他们发誓要马上进行报复，拂晓时分，队伍上路了。郊狼们尖声唱着它们的黎明之歌，可当日光强烈起来的时候，它们便在山丘里消失得无影无踪了。猎人们搜寻着大黑狼的踪迹，希望猎犬们能够搜寻到线索，但是它们要么是做不到，要么是不愿这么做。

然而，猎犬队发现了一只郊狼，并在几百码内杀死了它。我猜想，这应该是一次胜利，因为郊狼有时会杀害牛犊和绵羊。但是不知为何，我也有了大家共有的那种想法："虽然这些猎狗在一只小郊狼面前那么威武勇猛，但是昨晚，它们却无力对付那只大黑狼。"

年轻的潘儒夫仿佛是在解答人们心中的一个疑问，他说："我说，伙计们，我相信老比利昨晚是纠集了一群狼。"

"你难道没看见只有一只狼的脚印嘛。"金嗓音沙哑地说道。

整个十月就这样悄然逝去，我们整日骑马跟在猎狗后面，艰苦地追踪着可疑的足迹。这些猎狗要么是无法跟踪到那种大脚印，要么是害怕这样干。我们一次又一次地听到大黑狼搞破坏的消息，有时是一个牧童报告给我们这样的消息，有时是我们自己发现了牲畜的尸体。我们将其中的几头牲畜下了毒，带着猎狗打猎，其实这样做被认为是一件很危险的事情。到了月末，我们许多人已被风吹雨打得萎靡不振了，马匹也累得精疲力竭，跑疼了腿脚的一群猎狗由十条减少到了七条。到目前为止，我们只杀死了一只灰狼和三只郊狼；而荒山比利则至少咬死了一打牛和狗，每头都得值个五十美元。有些伙计打算就此放弃，打道回府，于是金让他们捎上了一封信，请求予以增援，让人把牧场所有备用的猎狗都带过来。

在等待增援的那两天里，我们休整了马匹，射杀了一些野味，为下一次更艰苦的狩猎做准备。第二天傍晚，新的猎狗抵达了——八只很漂亮的家伙——整个猎狗队增加到了十五条之多。

现在的天气变得更冷了，早晨，叫猎狼人高兴的是，地上铺了一层薄雪。这无疑就是个好兆头。因为冷天有利于猎狗和马匹奔跑。荒山比利就在不远处，前一天晚上还能听见它的叫声，再加上雪地上会有足迹，所以一旦发现它，它也就没办法逃脱了。我们拂晓时就起了床，可还没等出发，就有三个人骑马来到了我们的营地。原来是潘儒夫家的小伙子们又回来了。天气的变化使他们改变了主意，他们知道雪可能会给我们带来好运。

“现在请记住，”当我们都骑上马的时候，金说，“这次出动，我们除了荒山比利什么都不要。只有抓住它，咱们这个狩猎队才能散伙。睁大眼睛找吧，脚印有五英寸半长的就是它。”

每个人用马鞭柄或是手套测量了一下五英寸半的准确长度，以便用于测试他可能发现的脚印。

没超过一个小时，我们就得到了向西骑去的那位伙计发来的一个信号。放一枪：那意思是“注意”，停顿下来数到十后，再放两枪：那意味着“快过来”。

金集合了猎狗，径直朝远处山上的枪声方向骑去。所有人的心里都因满怀希望跳得厉害，我们不再沮丧。先是发现了一些小狼的足迹，但最后又在这里看到了那种大脚印，将近六英寸长。小潘儒夫真想放声大叫啊，他策马全速奔去。那样子像是正在捕猎一头狮子，又像是找到了渴望已久的快乐。没有什么能比雪地上那道清晰的足迹更令猎人欢欣鼓舞的了，长久以来，他的猎捕一直就是徒劳无功的啊。当金得意洋洋地看着这个印记时，他的眼睛简直是在熠熠放光啊！

最后的挫折

这是所有崎岖山路中最为崎岖的一段。它比我们所预料的猎捕过程要长得多，而且遭遇了很多突发性的小事件;因为那无止境的踪迹线索不过就是昨晚大黑狼所有行动中的瞬间所为罢了。在这里,它围着“电话亭子”转了转,寻找些消息;在那里,它停下来检查了一个老旧的头盖骨;在这儿,它吓得躲开了,谨慎地来回嗅着风,检查是什么东西,结果发现那只是一个破锡罐;在那儿,它爬上一座低矮的山丘,坐了下来,可能还发出了集结号,因为有两只狼从不同方向跑向了它,然后它们一起下山来到了河边,因为暴风雪期间,牛会到这里来寻求庇护;在那里,它们排成队小跑着,跑远后它们又分开了,朝着三个不同的方向跑去,随后又会合了——天哪,多么血腥的一幕!一头健壮的母牛被撕开了胸膛,却扔在那里没有吃,似乎是不对它们的口味。不出一英里的地方又有一头被它们咬死的牛,在这之前它们已经饱餐了一顿,吃完还没超过六个小时。这里,它们的脚印又散开了,但是隔得不远,雪迹清晰地表明了每只狼躺下睡觉的情形。当猎犬嗅到那些地方的时候,它们的鬃毛都竖了起来。金把猎犬的绳子牢牢拽在手中,但它们现在变得非常的激动。我们来到一座小山上,地上的足迹告诉我们,狼曾经在上面转过身来,面朝我们行进的方向看了看,然后全速逃跑了。很明显,它们在山上监视过我们,并且现在离我们并不远。

猎犬队状态良好。我们尽可能快地往前赶路,因为狼群正在急速前进。我们骑上高地,又下到深谷,一直紧紧跟随着狗儿们,尽管所能选择的都是最崎岖的地段。一个沟壑连着一个沟壑,一个小时又一个小时,那三重足迹仍然向前延伸。又是一个小时过去了,没有什么变化,除了无止境的攀爬、下滑和挣扎前进,穿过灌木丛,越过巨石。远处狗儿们的尖叫声引导着我们。

我们一路追逐,来到一个低洼的河谷,那里几乎没有什么积雪。我们连跳带爬地走到山下,鲁莽地跃过危险的沟壑和光滑的岩石,我们感觉自己坚持不了多久了。当来到最低处时,极度口干舌燥的狗群突然散开了,有些向上方跑去,有些向下方跑去,其他的则径直继续向前。哦,金是好一番的诅咒啊!他立刻知道这意味着什么了。狼已经分开行动了,因此狗群也分散了。三条狗去追一只狼是没有机会获胜的,即使是四条狗也别想杀死一只狼,而两条狗则肯定是去找死的。然而,这已算是第一个我们所看到的振奋人心的信号了,因为它意味着狼们也被逼急了。我们驱马向前拦住了猎狗,要把它们赶到同一条路。因为这里没有雪,还有无数狗的脚印,我们被搞得无所适从。我们所能做的就是让狗去选择,但是得叫它们只做一种选择。我们又像以前一样抱着希望出发了,可还是害怕走的路不对。猎狗们跑得欢,也跑得很快。这是个不好的信号,金说,因为这样我们就无法看清狼的足迹了,还没等我们赶到,猎狗就已经把狼的足迹踩乱了。

之后两英里的追击又把我们带上了冰雪覆盖的区域,终于看到狼了,但令我们讨厌的是,我们追踪到的是最小那只狼。

"我早就猜到,"小潘儒夫吼道,"猎狗对于危急情况的判断力没那么准确。它们没带我们去追兔子我就很庆幸了。”

又走了不出一英里，那只狼在一片柳树丛中转向我们狂叫。我们听见的是它拉长的求救的嚎叫，在我们到达那个地点之前，金就看到猎狗们在后撤，散开了。一分钟后，一只小灰狼和一只块头非常庞大的大黑狼从远处柳树丛的另一侧飞跑而来。

“天哪，比利要回来帮它了。真了不起！”猎狼人惊叹道。我心中开始暗自佩服这只勇敢的老狼，它居然不忍心丢下朋友去逃生。

我们朝着荒山比利的方向追去。接下来的一个小时又是艰苦的沟壑骑行，不过这次是在有雪的高地上，当猎狗们再次分散开时，我们费尽所有力量，成功地让它们继续追踪那个巨大的“五英寸半脚印”。对于我来说，这个脚印的传奇魔力已经消耗殆尽了。

很明显，猎狗更愿意选择别的路线，但我们最后还是迫使他们继续前进。经过半小时的艰苦追踪，当我登上一片开阔坦荡的平原时，一眼就看到了前面远处哨兵孤峰的那只大黑狼。

“好哇！荒山比利！好哇！荒山比利！”我高喊着向他致敬，其他的人也跟着喊了起来。

我们最终能够追踪到它，多亏了它留下的踪迹。猎狗们也凑近了，更起劲地狂吠着，灰狗则尖叫着径直朝大黑狼冲去，马儿的情绪也受到了感染，喷着鼻子，跃跃欲试。不动声色的只有那只长鬃黑狼，当我看清了它的体型和实力，还有它那又长又厚实的下颌时，我终于知道猎狗们为何不愿意主动选择追踪它了。

大黑狼低着头，耷拉着尾巴，在雪地上跳跃着。他的舌头长长地垂着，显而易见的是，它被追逼得有些不堪了。虽然它还在前方三百码开外，猎狼人们已经迫不及待地拔出了左轮手枪，他们来到这里就是为了杀戮，可不是为了体育运动。但是，就在一瞬间，它扑向最近处隐蔽的山涧不见了。

它可能会逃向何处，是山涧的上方还是下方呢？向上是它的山头老巢，向下则是更好的藏身之地。我和金认为是“向上”，于是沿着山脊向上紧追。而其他人则向下骑去，寻找放枪的机会。

很快，我们就听不到什么动静了。我们搞错了——大黑狼已经向下逃去，但是我们也并没有听到大黑狼比利被杀害的枪声。有个地方可以横穿峡谷，于是我们赶到另一边，然后又飞奔返回，审视着雪地看有没有脚印，又审视着山丘看有没有动静，或者风有没有吹来某种生命的气息。

“咯吱——咯吱——”传来的是我们马鞍皮革的声音，“噗——噗——”那是我们的马儿在喘气，还有它们的蹄子踏出的“咔嗒、咔嗒”声。

比利归山

我们回到之前大黑狼一头扑下去的地方，但是没有看到任何迹象。我们的马儿轻快地向东奔驰着，一英里又是一英里，这时金突然急忙地喊道："看那里！"只见一个黑点正在前方的雪地上移动。我们加快了速度。另一个黑点出现了，又有一个，但是它们跑得并不快。五分钟后我们就靠近了它们，发现原来是我们自己的三条灰狗。它们把大黑狼跟丢了，便没了追下去的兴致，于是回头寻找我们。我们没有看到其他猎人。但我们还是匆忙赶往接下来的山脊，偶然碰到我们搜寻的足迹，便像真的看见了猎物似的拼命跟上去。来到另一个山涧，我们正想找个地方穿过去，一阵猎犬的狂吠声从灌木丛深处传来。犬吠声越来越大，传到了半山腰。

我们沿着山涧的边缘奔驰而去，指望能看到猎物。群狗出现在山涧较远的一侧，没有聚在一起，而是排成一条拖拖拉拉的长线。五分钟后，更多的狗爬到了山坡，处于它们前面的正是那只大黑狼。它仍像以前那样大步慢跑着，低着头，耷拉着尾巴。四肢的力量平平，下颌和脖子却有着双倍的力量，但是我认为它的跳跃距离变短了，也失去了弹力。猎狗们慢慢向前靠近，可一看到大黑狼，猎狗们便爆发出一阵软弱无力的叫声，显然猎狗们已差不多耗光了力气。那几条灰狗也看到了这场追逐，随即离开我们，赶忙朝山涧爬去，以迅疾的速度爬上了另一面。那样的速度肯定会让它们崩溃的。这时，我们还在骑着马，徒劳地寻找着横穿山谷的办法。

看到猎狗们进入了追逐的高潮，猎狼人金只顾兴奋，落

在了后面。不过,他还是一边骑着马,一边遥望峡谷对面干着急。当接近那一大片平坦的山脉时,我们再次听到了从南边传来的狗群那虚弱的叫声，追到高耸的荒丘脚下时，狗叫声有点儿变大了。我们骑上了一座小山丘,审视着雪野。一个移动的斑点出现了,然后是更多斑点,那些斑点不是紧凑地聚在一起,而是稀稀拉拉地散落成一串,还不时发出一阵缥缈微弱的叫声。它们朝我们这边跑来。虽然正在过来,但是却慢得很,现在,这些猎狗没有一条是真正在跑。那只冷酷的母牛杀手正在地上一瘸一拐地走着,后面远远地跟着一条灰狗，而另一条灰狗还在更远的地方,其他的狗则按照各自的速度依次跟在后面,慢吞吞地、顽强地拖着自己的身子继续追击。它们已经进行了好几个钟头最为艰辛的追击。大黑狼在徒劳地设法甩掉猎狗们。现在就是大黑狼的厄运时刻了,因为它已筋疲力尽,而猎犬们依然保存了一些力量。猎狗们径直朝我们跑了一段时间,沿着山脚的周边缓慢行进。

我们没有办法穿过去接应它们,只好屏住呼吸,瞪着如饥似渴的眼睛盯着它们。现在它们更近了,风带来了狗群疲弱的声息。那只大黑狼转身向陡峭的上方爬去,看起来那是它很熟悉的一条道,因为它爬得相当顺畅。我开始敬佩它了,因为它回来是为了营救自己的朋友,当我们看到它环顾四周,拖着疲惫的身子在峭壁上踽踽独行,即将死在自己的山上时,那种怜悯之情瞬间涌上我们所有人的心头。被十五条猎犬和许多猎人包围着,对它来说已无路可逃。它不是在走，而是在踉踉跄跄地往上爬，猎犬在它身后排成一列。现在猎狗的状态好一点儿了，正在向它逼近。我们能够听到猎狗们的喘息声，却几乎听不见他们在大叫——它们已没有气力这么做了。不屈不挠的队列在向上攀爬，绕过孤峰的一处山嘴，沿着一面通往高处的狭窄的岩壁爬行，接着跃下山涧上方几码远的一个隐蔽处。最前面的猎狗正在靠近大黑狼，它们毫不畏惧这样一个差不多已经筋疲力尽的敌人。

这里位于最狭窄的地方，迈错一步就意味着一命呜呼，那只巨大的狼转过身来，面对着猎狗们。前爪牢牢地扎在地上，头低着，尾巴微微扬起，黑色的鬃毛根根竖立，裸露的长牙闪闪发光，但却没有发出能让我们听得见的声音，它直面着这群猎狗。它的腿因奔跑没了力量，可它的脖子、它的嘴巴和它的内心还是强大的——现在，所有你们这些爱狗的人最好还是合上书吧——好吧，继续——猎犬们相继扑了上来，十五对一，那搏斗的过程太快，几乎都没能看清楚。整队猎犬冲向岩石，它们前仆后继，都被大黑狼一一击倒，仿佛水注浇在石头上，四处飞溅。大黑狼一个反扑，一个撕咬，猎狗方哥倒了下来，失足坠下悬崖。丹德和寇力扑上去想抓住它，大黑狼又是一冲，一推，它们从狭窄的小径上摔下去了。然后是蓝点上阵，后面跟着威武的奥斯卡和无畏的提杰——但是大黑狼还在岩石的旁边，只是一闪，几条大狗都坠入了悬崖；剩下的狗围了上去，最后面的狗驱赶着最前面的狗——等待它们的却是死亡。砍啊，劈

啊，推啊，从最迅捷的猎狗到最大的猎狗，直到最后一条倒下。大黑狼让猎狗们一个个从岩壁坠到了下面的裂壑，那里的岩石和枝干都尖利难当，足以让猎狗们粉身碎骨。五十秒内，一切就都搞定了。仿佛岩石劈开水注，潘儒夫家的狗群全军覆灭，而荒山比利依旧伫立在那里，再次独自岿然不动地屹立在它的山巅。

它等了片刻，看还有没有再冲上来的。再也没有了，一群猎狗都死了。不过在等待中，它也喘了口气，接着它在这夺命之地首次抬高嗓门，发出了一阵悠长、胜利的嚎叫，然后爬上旁边低一些的陡坡，隐没于哨兵孤峰的一处山洞之中。

我们目瞪口呆，如石头人一般。忘记了手中的枪。一切都是那么迅疾、那么干脆。那只大黑狼都不见了，我们还在原地一动不动。那个地方并不远：我们徒步过去看了看是否会有幸存者。没有一条活下来。我们无能为力，我们无言以对。

落日长嚎

一周后，我和金骑行在通往烟囱帽山后的小路上。“潘儒夫那家伙已经是相当厌烦了，”他说，“如果可能的话，他会卖掉所有的牲口。他真不知道下一步该怎么办了。”

太阳在远处的哨兵孤峰落下。当我们到达通往杜蒙特地区的拐弯处时，已是黄昏，从下面的河面上传来一阵低沉、悠长的嚎叫，接着是一阵阵尖厉的长嚎齐声应和。虽然

我们什么都看不见，但我们可以仔细地听着。曲调不断重复着，这是狼群的捕猎嚎叫。这种叫声渐渐弱了下去，夜的宁静又被另一种叫声所惊扰，这是尖厉的吠声和短促的嚎叫，是“包围”的暗号；一声惨叫传来，十分短促，因为它已被掐断了脖子。

金抚摸着他的马，冷冷地说道：“这是那只大黑狼，它和它的伙伴又出动了，奔另一头牛去了。”

男孩和猞猁

男　孩

他刚满 15 岁,是个狩猎爱好者,甚至就一个初学者来说,也算得上是非同一般的敏锐了。成群的野鸽子整天不断地飞过蓝色的凯杰奥奴尔湖,成排地栖息在大树的枯枝上,这些大树作为大火留下的遗迹伫立在那里。在这一小片林中空地的周围,野鸽子成了诱人的靶子。不过,虽然男孩已经跟踪了鸽群好几个小时,却仍一无所获。鸽群像是了解那把老式猎枪的准确射程,每次,没等他靠近到足够开火的距离,它们就哗啦啦地展翅飞走了。终于,一小群野鸽子散落在生长于泉水周围的那片低矮的绿树上,距离那座简陋的小木屋很近,借助这些遮盖物,男孩索伯恩轻手轻脚地走了过去。他看准了跟前一只孤零零的野鸽子,瞄了很久才开了火。几乎就在同时,也响起了一声尖厉的爆裂声,鸟儿落地死去。索伯恩赶紧冲上去拿他的战利品,可就在这时,一个高个子青年闯入视线,他把鸽子捡了起来。

“你好,康尼!你拿走了我的鸟!”

“你的鸟?! 你确定你的鸟飞到这里来啦? 我看到它们停在这,就想我肯定能用来复枪打下来一只。”

经过一番仔细的检查，才发现来复枪的子弹和一粒铅弹都打中了这只鸽子。两个枪手射中了同一只鸟,两人对这个巧合都很开心,虽然这件事也有它不好的一面,因为食物和弹药对于蛮荒林区的人家来说都是非常短缺的。

康尼,一个身高六英尺的小伙子,爱尔兰人和加拿大人的混血儿,现在正领头朝那座简陋的木屋走去。这里确实缺少奢华的用品,生活极为简陋,但这却是他们欢乐的源泉。这些男孩子虽然生长在加拿大的蛮荒林区,却一点儿也没有丢掉爱尔兰血统中那种举世公认的热心率直和聪明机智的优良品质。

康尼是一个大家庭中的长子。上了年纪的亲人都住在往南二十英里的彼得赛。他已经放出豪言,要在菲尼邦克林区开创自己的家园，他的两个已经长大成人的妹妹,沉稳可靠的玛格特和活泼聪明的露都在帮他打理这个家。索伯恩·艾尔德是他们的客人。他从一场大病中康复后,被送到这里的林区磨砺一番,希望借此获得主人们那充沛活力的一些熏陶。他们的家是用未经加工的原木搭建而成,没有铺地板,屋顶铺着草皮,上面还长满了各种茂盛的杂草。周边的原始森林被分成了两块:其中一块森林有着最崎岖的道路,向南通往彼得赛,另一块中有波光粼粼的湖泊,岸边铺满了鹅卵石,站在湖边可以望见湖水对岸四英里处离他们最近的邻居家的房子。

他们的日常生活几乎一成不变。天刚破晓康尼就起床去生火，叫醒他的两个妹妹，在她们准备早餐的当儿康尼去喂马。六点钟吃完早餐，康尼开始工作。中午，玛格特会根据一棵枯树在泉水中的倒影，知道已到中午，于是，她便去打新鲜用水以备食用；露则会在一根杆子上挂一块白色的破布，康尼看到这个信号，就会从夏日的休耕田或草田里归来，他满身尘土，黝黑的皮肤透着红润，一副朝气蓬勃、吃苦耐劳的模样。索尔[1]可能会整日待在外面，但到了晚上，当大家又集合在餐桌旁的时候，他就会从湖边或远处的山岭赶回来吃晚饭。早饭、中饭和晚饭都差不多，饭食跟日子是一模一样的重复：猪肉、面包、土豆和茶，偶尔会有鸡蛋，是由小木马厩周围的那一打母鸡供应的。他们很少吃到野味，因为索尔还算不上是猎人，而康尼除了农活，几乎没时间去干别的。

猞　猁

林间一棵直径四英尺的椴树走到了生命的尽头。它是同类中最大的一棵，它的孩子们都已长成，它的树心已经空了。冬日的寒风把它吹倒，拦腰劈成两截，露出了一个大洞。现在它躺在阳光明媚的空地中央，为一只猞猁提供了一个理想的家园。那时，这只猞猁正在为它即将出生的孩子们搜寻遮风挡雨的巢穴。

①索伯恩的昵称。

这只猞猁显得老迈而又憔悴，因为今年对猞猁们来说是日子不太好过的一年。去年秋天，兔子中流行的一场瘟疫使得猞猁主要的食物供应极度紧缺；冬天深厚的积雪和突然的冰冻，又几乎杀死了所有的山鹑；漫长多雨的春天，毁掉了一窝数量不多、正在发育着的小山鹑，而且还把池塘和小溪灌得格外满，以至于鱼儿和青蛙都能安全逃离猞猁们的抓捕。所以，这位猞猁妈妈的处境比它的同胞们好不到哪里去。

那些小猞猁们饿着肚子来到世间，它们的出生——增加了猞猁妈妈的负担，因为猞猁妈妈把本可以花在捕猎上的时间都花在照顾它们身上了。

北方的野兔是猞猁最喜欢的食物，在那几年里，猞猁妈妈一天能杀死五十只，但在这个季节，它连一只也没有见到。那场兔瘟的效果实在是太彻底了。

一天，它抓到了一只红毛松鼠，那个倒霉蛋钻进了一根空心木，结果证明这是一个陷阱。还有一天，一条发臭的黑蛇成为了它仅有的食物。有一天它一无所获，小家伙们可怜地哀号着要吃奶，却一滴也喝不到。又一天，它看见了一头健硕的黑色动物，身上散发着一种刺鼻却又熟悉的味道。它一个迅捷、无声的跃起，一下子打中了那黑色动物的鼻子，那是头豪猪，它受到攻击后立刻弓起身子，把头藏到身下，尾巴竖了起来，猞猁妈妈被这杆带刺的小标枪刺中了十几处。它用牙齿把那些小刺一一拔出，数年前它就领教过豪猪的厉害，现在因生活所迫使它不得不冒险再次袭击了豪猪。

这天，它仅仅逮到了一只青蛙。第二天，它把猎食范围扩展到最远的林地，来了一次漫长、艰辛的捕猎。当时它听到了一种奇怪的呼叫声，这对它来说很新鲜。它小心翼翼地靠过去，从上风处传来很多不曾闻过的气味，还传来了一些更陌生的声音。当猞猁妈妈来到森林中的一片空地时，那响亮、清晰的叫声不断地重复着。在空地的中央，有两个巨大的麝鼠或是海狸的窝，比它曾经见过的都要大得多。两个窝都是用原木搭建的，坐落在一处干燥的小土墩上，而不是在池塘里。不少山鹑——实际上是长得很像山鹑的鸟，它们个头更大，颜色各异，有红的、黄的和白的——正在这麝鼠窝周围漫步。

它激动得浑身颤抖，也就是人们常说的初次见到猎物时的那种紧张心情。食物——食物——丰盛的食物，不再年轻的猞猁妈妈匍匐在地。它的胸脯紧贴着地面，双肘比脊背还高，就这样悄无声息地跟踪着，那是一种最精明、最狡猾的跟踪；它必须不惜一切代价抓到一只“山鹑”；现在绝不能用没有把握的计谋，这次捕猎出不得半点儿差错，哪怕为此花上几个小时——甚至一整天——它必须要在猎物起飞之前，小心翼翼地靠近它们。

从隐蔽的树丛到那两个窝只有几步之遥，可就是这么短的距离，它竟爬了一个小时。从树桩到灌木，从原木到草丛，它偷偷地爬着，“山鹑”们没有发现它。它们四处觅食，最大的那只发出清脆的叫声，那正是一开始传入它耳中的那种声音。

一度它们似乎感觉到了危险，但静观了很长一段时间之后，恐惧又消散了。现在它们几乎触手可及，猞猁妈妈因一腔捕猎的渴望和难耐的饥饿感而颤抖不已。它的眼睛盯上了那只白色“山鹑”，虽然它离得并不是最近，但它的颜色似乎吸引住了猞猁妈妈的目光。

麝鼠窝周围有一片开阔地，外头长满了高高的杂草，树桩散落得到处都是。那只白色“山鹑”在那片杂草后闲逛着，那只大嗓门的红色“山鹑”飞到了麝鼠的土墩顶上，又像以前那样唱起歌来，像是发出警报。但是，白色的那只还在那里，透过杂草可以看到它那时隐时现的羽毛。开阔地此刻展现在面前。猞猁妈妈扁平得像一张空皮囊，紧贴在一根木头后面的地面上缓慢而无声地挪动着，那根木头还不及它的脖子粗，如果它能够到达那丛灌木，藏身于其中不被发现，它便可以一跃而起将猎物抓到手了。现在，它甚至都闻见它们的气味了——肥美、生猛鲜活的气味和血肉的气味，弄得它四肢一阵震颤，双眼一阵放光。

那些“山鹑”依然在地上又抓又挠地找着吃食；有一只“山鹑”飞到了高处，但是那只白色的还留在原地。猞猁妈妈又悄悄慢慢地滑行了五步多，躲在了杂草丛背后。那只白色“山鹑”时而闪现，它估量了一下距离，甩动后腿清理了一些落下的灌木，然后用尽全部力气径直一跃，白色“山鹑”一命呜呼，因为猞猁妈妈从天而降，干得迅疾而又致命。在其他的“山鹑”还没意识到敌人，猞猁妈妈就已经叼着在嘴里扭动着的白色“山鹑”溜之大吉了。

天生的凶残和按捺不住的喜悦让它发出了一声不必要的吼叫,它跳进森林,像蜜蜂似的快速向家里赶去。那只白“山鹑”的身体停止了最后一次颤抖,这时它听见前方传来一阵重重的脚步声。它跃上一根木头。白“山鹑”的翅膀挡住了它的眼睛,于是猞猁妈妈放下它,用一只爪子牢牢地抓着。脚步声更近了,灌木丛被拨开了,一个男孩闯入了视线。猞猁妈妈认识而且憎恨他这类男孩子。它在夜里观察过他们、跟踪过他们,也被他们追杀过、伤害过。这一刻,他们面对面地站着。猞猁妈妈用一声低沉的吼叫发出了警告,那也是一种挑战和蔑视,它抓起白“山鹑”,从木头上跃起,跳进了隐蔽的灌木丛。离它的巢穴还有一两英里的路程,但它就是留着猎物舍不得吃,直到那充满阳光的豁口和那根大椴木进入了它的眼帘。随即,白“山鹑”被放下来,小家伙们和妈妈一同加入了这顿饕餮盛宴的狂欢之中。

猞 猁 的 家

一开始，索尔这个城里长大的男孩不敢到森林深处去冒险,只是在能听得到康尼斧头声的地方转悠。但是一天天过去了,索尔走得越来越远,给他指路的不再是树上那不可靠的苔藓,而是太阳、罗盘和地形特征。他的目的是了解野生动物,而不是捕杀它们。不过,自然主义者酷似狩猎者,枪是他形影不离的伙伴。林中空地上,唯一能找到的动物就是一只肥胖的土拨鼠,它住在离小木屋几百码外一根树桩下的小洞里。阳光明媚的早晨，它常常躺在树桩上晒太阳，可是，生活要保持永久的警惕，否则，代价就是失去一切美好的东西。土拨鼠总是很警觉，索尔想要射中它或是捕获它，但总是不能得手。

“到这边来，”一天早晨，康尼说道，“这次我们有新鲜的肉吃了。”他取下了他的来复枪，那是一把老式镶铜的小孔径来复枪，他小心地装上子弹，显示出他是一名真正的来复枪手。他把枪在门框上架稳后开了火，土拨鼠仰身倒下，躺在地上一动不动。索尔快步跑过去，拿着猎物得意扬扬地走了回来，他喊道：“正好击穿头部——射击距离是一百二十码啊！”

康尼歪着嘴角，竭力在抑制得意的微笑，目光比平时神采得多。

这次可不仅仅是为了猎杀而猎杀，因为这只土拨鼠正在它巢穴的周围大肆破坏着庄稼。这次猎杀不仅为这一家人提供了一顿美食，还能让康尼向索尔演示如何利用它的皮。首先，毛皮要在硬木炭灰里埋二十四个小时，这样就把皮上的毛去掉了。然后再把这块皮放入肥皂水里泡上三天，等它晾干了，用手处理一下，最后就出来一张洁白又结实的皮子了。

索尔在森林中的漫游延伸到了更远的地方，搜寻着总是能给他带来惊奇的东西。许多日子都平平淡淡，但也难免遭遇小插曲，因为狩猎的独特之处和它富有持久魅力的地方就在于它的出人意料。一天，他沿着一个新的方向，翻

过山脊走了很远，穿过一片林中空地时，他看到那儿倒着一棵断掉的大椴树树干。它的粗大深深吸引了他的注意力。他大摇大摆地走过空地，朝西边一英里处的湖水走去，二十分钟后，他动身返回，这时，他的目光落在了一头巨大的黑色野兽身上，那野兽正趴在距离地面三十来英尺高的一棵铁杉树的树杈上。是一头熊！他期待了整整半个夏天，这一考验胆量的时刻终于来到了。他站在那里一动不动，右手赶紧插进口袋，掏出三四枚大号铅弹，那是他以备危急情况而带上的，他把这些子弹装在猎枪中，然后压入一个软塞将子弹顶紧。

熊没有动，男孩看不见它的头，不过他趁机仔细研究了一下它。它没有那么大——这是一头小熊，是的，很小——一只幼崽。一只幼崽?！那意味着一头母熊就在附近，索尔惊慌地四下里看了看，但是除了这头小熊外，没有任何其他迹象，他举枪瞄准，开了火。

接着，他就吃了一惊，那家伙一头从树上栽落下来，完全断了气，原来并不是一头熊，而是一头大豪猪。他疑惑又懊悔地查看着倒在那里的豪猪，因为他并不希望杀死这样一头无害的生灵。在豪猪那张奇特的脸上，他发现了两三道长长的抓痕，那证明这个男孩并非它唯一的敌人。当男孩转身离开时，他注意到自己的裤子上沾上了血迹，这才发现他的左手正在流血。浑然不觉中，他竟被这动物身上的刺弄伤了。他很惋惜地把这豪猪留在了那里。露得知此事后，她说，没把豪猪的皮剥下来可真是一件憾事，因为这时候她“正需要一件过冬的毛皮衬里斗篷”。

又一天,索尔没有带枪就出去了,他只想去采集一些他曾遇见过的稀奇植物。它们就在林中空地的附近,他能找到那个地方,因为那儿有一棵倒地的榆树。快走到那块空地的时候,他听见了一种奇特的声音。随后,他看到那根木头上有两个东西在动。他挑起一根大树枝,看得更清楚了。那是一只大猞猁的脑袋和尾巴。猞猁也看到了他,正虎视眈眈地盯着他,嘴里呜呜叫个不停;木头上躺在猞猁爪下的是一只白色的鸟,再一看,那不正是他们家宝贝母鸡中的一员嘛。这个残暴的家伙看上去是多么凶狠和无情啊!索尔恨死它了!当这样的大好机会送上门来时,他却没有带枪,这真让他气得咬牙切齿。他也毫无畏惧,站在那里寻思着对策。猞猁咆哮得更响了,它那粗短的尾巴不无敌意地摇动了一会儿,然后叼起它的猎物,从木头上一跃而下,逃出了他的视线。

这是一个多雨的夏季,地面到处都很松软,索尔顺着猎物的踪迹跟了过去,这些踪迹在干燥的季节会混杂在一起,连一个打猎能手都难以分辨。索尔在森林里顺着类似野猪的脚印走去。他轻松地跟踪着这些足迹,因为它们都是新留下来的,两小时前的一场大雨已经冲刷掉了其他所有的踪迹。走了大约半英里后,这些踪迹把他领到了一处空旷的深谷,当他到达深谷的最高处时,看到对面闪过一道白光;索尔那敏锐的双眼随即认出,那是一头鹿和一头浑身斑点的幼崽,它们都在好奇地注视着他。尽管在跟踪

它们的足迹时，他一点儿也没有感到吃惊。但是此刻，盯着它们的他却张大了嘴巴。母鹿转过身去，扬起了暗示危险的旗帜——它那白色的尾巴，轻盈地跳跃着逃去，后面跟着年幼的小鹿。它们贴着低矮的树干轻松跃过，来到被架起来的木头前时，它们就像猫那样灵活地弯下身子，从下面穿行而过。

他再也没有得到一个能朝它们射击的机会，尽管他曾不止一次地看到那两种相同的足迹，至少在他看来那足迹就是一样的。近些年，鹿在这片森林里更少见了，至于个中理由，从来就有没人解释过。

他再也没有见过那母鹿和它的孩子一起。但是有一次，他看见了那头母鹿——他认为那就是自己上次碰到的那头——母鹿正用鼻子在林中搜索，仔细查看着地上的踪迹，它是那样紧张而又焦灼，显然是在寻找什么。索尔想起了康尼告诉过他的一个计谋。他轻轻地弯下腰，拾起一片宽草叶，将它夹在两个大拇指之间，用这个简易的草笛吹出一声短促、尖厉的叫声，活像小鹿找妈妈的叫声。尽管隔得挺远，但母鹿已经朝着他奔腾而来了。他趁机抓起枪，想要杀死母鹿，可是这个动作被它看到了。它停下了脚步，颈上的毛微微竖起，抽了抽鼻子，用充满疑惑的目光望着他。它那大大的柔顺的眼睛打动了他，他收住手。母鹿小心向前走近一步，深闻了一下索尔身上的味道，然后跳到一棵大树后面，赶在索尔那仁慈的冲动消失之前逃之夭夭了。“可怜的东西，”索尔自言自语道，“我相信它已经失去了它的小孩。”

后来，男孩在森林里再一次和猞猁相遇了。看到那只孤独的母鹿之后，他用了半个小时，翻过小木屋以北几英里处的一座长长的山脊。他曾经来过这块林中空地，这里倒着一棵大椴树，这时，一只像是被截短了尾巴的小猫咪一样的生物出现了，天真地看着他。他像往常那样举起了枪，但是那只小猫咪只是把头歪向一边，毫不惊慌地上下打量着这只小猞猁。接着，他先前没有注意到的另一只小猞猁，开始和那第一只玩耍起来。

看着它们嬉戏打闹，索尔最初要开枪的念头暂时停止了，但是同猞猁族类的宿怨记忆却又再次闪现。就在他要举枪射击时，跟前一阵凶狠的咆哮吓了他一跳，在距离他不到十英尺的地方站着一只老家伙，看起来活像一只又大又凶的母老虎。显然，现在朝这两只小家伙射击肯定是愚蠢的。在那大呼小嚎一起一落的当儿，男孩紧张地装上了几颗大号铅弹，但不等他准备好向它射击，那老家伙便已经叼起了脚边的什么东西，男孩看了一眼那深褐色带白点的东西——是一头刚刚被杀死的小鹿。随即，它跑出了男孩的视线。小猞猁们尾随其后。

森林里的恐怖事件

不知不觉，六个星期过去了，一天，年轻高大的康尼外出时显得格外安静。他那英俊的脸庞十分严肃，整个早晨都没有哼唱过歌。

他和索尔睡在主卧室墙角的一张干草铺上，那天夜里，索尔醒了好几次，听到康尼在睡梦中又是呻吟又是翻身。早上，康尼像往常一样起了床，然后去喂马，但等妹妹们做好早饭的时候，他却又躺下了。他强撑着从床上爬起来，继续去工作，然而早早地就回家了。他浑身发抖，虽然正是炎热的夏季，他却觉得很冷。几个钟头后，剧烈的反应开始了，康尼发起了高烧。家里的人都很清楚他这是得了可怕的疟疾。玛格特出去采摘了满满一兜梅笠草，用来煮茶，让康尼喝下去很多。

但是，不管他们煮了多少草药，多么精心地护理，这个年轻人的病还是更加严重了。到了第十天，他已经瘦得特别厉害，根本干不了活了。就这样，一天，一直在病中的他感觉不那么难受的时候，对大家说道："我说，姑娘们，我实在撑不住了。我想最好还是回家去吧。我今天感觉还行，不管怎样，总能赶它一阵子车。一旦又病倒了，我就躺在车厢里，马会把我送回家的。妈妈会让我的病一个礼拜左右就好起来的。如果你们在我回来之前把食物都吃光了，那就划上独木舟去艾勒顿吧。"

于是，姑娘们备好了马匹，在车厢里放了一些干草，身体虚弱、脸色苍白的康尼便赶着马车，踏上了崎岖不平的漫长归途，留下的人感觉自己更像是身处荒岛之中了，那唯一的小船已离他们而去。

康尼走后还不到半个星期，玛格特、露和索尔他们三个就全都病倒了，然而得的却是一种更为恶性的疟疾。

康尼回到家后，慢慢感觉没那么难受了，而这三个却没有过上一天安宁的日子，结果这栋房屋变成了一个不幸之家。

七天过去了，玛格特已不能下床，而露也只能勉强在屋子里走两圈。她是个勇敢的姑娘，肚子里有一大堆笑料，这对振作他们每个人的精神确实很有用。可如今，那最有趣的笑话也难以改变她苍白痛苦的脸上给人的可怕感觉。索尔虽然也是抱病无力，却算是他们之中最强壮的，可以为其他两人做点儿事情，每天做一顿很简单的饭，因为他们能吃下的很少。也许这还是件幸运的事哩——家里吃的东西已经所剩无几，而康尼再过一个星期也回不来。

不久，索尔就成了唯一还能下床的人，一天早晨，当他拖着病体去切一小片咸肉时，他发现整块咸肉都不见了，太恐怖了。无疑，它是被什么野兽偷走了，放在屋子背阴面的那个小盒子里本是为了防止苍蝇的叮咬。现在，他们只好将就用面粉和茶了。他正失望不已时，看见了马厩周围的鸡，不禁眼睛一亮。但又有什么用呢？就他这么虚弱不堪的状态，想要去逮鸡还不跟试着去逮个鹿或是鹰一样嘛。突然，他想起了自已的枪，接下来一只肥肥的母鸡很快就下锅了。他用最容易的办法把整只母鸡一锅炖了，这锅鸡汤成了他们一段时间以来第一次真正觉得诱人的美味。

他们靠着这只鸡支撑了悲惨的三天，母鸡吃完后，索尔再次取下他的枪——现在枪好像是变沉了。他慢吞吞地走到谷仓那儿，可因为太虚弱，手抖个不停，失手好几回才搞定一只鸡。康尼将那把来复枪带走了，现在他的枪只剩下三发弹药了。

索尔吃惊地发现现在母鸡变得那么少了，只剩下了三四只。过去可要超过一打呢。三天之后，他对母鸡发动了又一次突袭。看到仅剩的那只母鸡，他用最后一发弹药把它搞到了手。

现在，他的日常生活就是千篇一律的惊恐。早晨，是他感觉身体不那么难受的"好时光"，他趁机为全家准备一点儿食物，并在每个床头的木板上放一桶水以备夜间高烧时使用。大约凌晨一点时，寒战又按照那可怕的规律不期而至，从头到脚发着抖，牙齿也咯咯直打战，冷啊，冷啊，从里到外，无处不冷。似乎没有什么东西能让他暖和起来——火好像也不起作用。他只好躺在床上，打着寒战，任凭死一般的寒冷折磨着他的身体。这种折磨会持续六个小时，呕吐也要赶来助阵，把人折腾个底朝天。到了晚上大约七八点钟，病情开始变化，高烧又发作了，连冰似乎也不能让他降温。水就是他全部的渴求，一次又一次不停地喝水，直到凌晨三四点钟，高烧才会减退，彻底虚脱的身体沉沉睡去。

"如果你们把食物吃光了，那就划上独木舟去艾勒顿吧。"这是康尼留下的最后一句话。可谁来划独木舟呢？

现在，还剩下半只鸡，吃完这半只就得挨饿，康尼依旧没有一点儿音讯。

可怕的日子就这么没完没了似的拖延了三个星期。它还是那样糟糕地继续着，三个人变得越来越虚弱了——要是再过几天，男孩可能也下不了床了。那该怎么办呢？

绝望笼罩着这栋房屋，每个人都在无声地呐喊：“啊，上帝！康尼再也不回来了吗？”

男孩的家

就在吃掉最后半只鸡的那天，索尔整个早晨都在为他们三人即将发作的高烧准备着足够的用水。寒战突然提前发作了，他的高烧也比以前任何时候都厉害。

他大口喝着水，而且还常常从床头的水桶里直接喝。原本他把桶灌得满满的，到了凌晨大约两点的时候，水桶几乎就空了，这时烧也退了，他终于可以沉沉睡去。

天还灰蒙蒙的时候，他被不远处一种奇特的声音吵醒了——一种洒水的声音。他扭过头去，看见面前不出一英尺的地方有一对闪闪发亮的眼睛——一只巨兽正趴在他床边的水桶上舔水喝呢。

索尔惊恐地盯着看了片刻，然后闭上眼睛，他觉得自己一定是在做梦，但是，舔水的声音还在继续着。他又睁开了眼，是的，它还在那儿。他努力想喊出声音来，可发出的却只是一声呼噜而已。那颗毛茸茸的大脑袋颤抖了一下，打出一声响鼻，也不知道这个家伙是何方神圣，只见它松开前爪，穿过小屋到桌子底下去了。索尔这时完全清醒了，他用胳膊肘撑着慢慢起身，有气无力地喊了一声：“走开！”那双闪亮的眼睛又在桌子底下出现了，那个灰色的身影走上前来。它沉着地从地上走过，悄悄溜到那根最矮的木头下面，那地方有一个豁口，它就从那儿消失不见了。它是什么东西？这个病孩子差不多只知道——它无疑就是来捕食的某种野兽。他完全乱了阵脚，因为害怕和无助的感觉已使他吓得浑身直哆嗦。这个夜晚他是在断断续续的睡眠中度过的，有时会突然惊醒，在昏暗中再次搜寻着那双吓人的眼睛，还有那悄然而行的硕大灰色身影。到了早晨，他已搞不清楚那是否属于自己神志恍惚时的一种幻觉，可他还是强撑着用一些柴火把那个破窖的豁口给堵住了。

三个人都没什么胃口，不过，他们正好也需要严格限制饮食，因为从这时起，他们只剩下一小块鸡肉了，而康尼迟迟未归显然是以为他们三人已经去过艾勒顿家里，弄到了所需要的全部食物。

又到了夜里，当高烧退去，索尔虚弱无力地打着瞌睡的时候，他被房间里的动静吵醒了，那是一种啃骨头时发出的咯嘣声。他环顾四周，发现那扇小窗上映衬出模糊的轮廓，是一只硕大动物趴在桌子上的身影。索尔大叫一声，他奋力将自己的靴子扔向那个入侵者。这家伙轻盈地跳到地上，穿过那个豁口溜走了，被堵上的豁口又打开了。

他明白，这次可不是做梦，两个女孩也明白了这一点。这次，他们不但听到了动物的声音，而且那块鸡肉——他们最后的一点儿食物——也整个不见了踪影。

这一天，可怜的索尔勉强下了床。两个生病女孩的抱怨促使他走出了家门。他来到泉边，找到几枚浆果，和另外两人分着吃了。他像平日那样为抵御寒战和干渴做着准备，不过又加了一样——在床边放了一杆旧鱼叉——这是他所能找到的唯一武器，因为枪现在已经没有用了——他还放了一根松油蜡烛和一些火柴。他知道那野兽还会回来的——饥肠辘辘地回来。如今再也没有食物可偷，除了把卧床不起的几条可怜虫当作猎物，还有什么比这更合情合理的呢？那头褐色小鹿瘫软的样子一下子浮现在了索尔的眼前，当时猞猁残忍地撕碎了小鹿的腿。

他再一次用柴火堵塞了那个洞口，夜晚像往常那样过去了，那个凶残的拜访者并没有出现。他们那天的食物是面粉和水，做饭的时候，索尔不得不挪用了一些堵塞洞口的柴火。露强打起精神，有气无力地讲了些笑话，说她猜想自己现在轻得都可以飞起来了，她试着起身，竟然连床沿都下不了。第二天大清早，索尔又被床边粗鲁的舔水声吵醒了，那儿跟从前一样，有一对发光的眼球，那灰色的身影在窗前暗淡光线的映衬之下，显得清晰了一些。

索尔倾尽全力想要大声地吼叫，但却仅仅是一声有气无力的尖叫。他慢慢坐起身来，喊道："露、玛格特！猞猁——那只猞猁又来啦！"

"只有上帝能帮你啦，我们可帮不了你呀。"她们回答道。

"走开！"索尔又一次这么尝试着把那野兽赶走。它跳上窗边的桌子，在那把早已没用的枪下站起身子咆哮着。见它冲窗户张望了一会儿，索尔以为它要破窗而逃。但是，它却转过身来，朝索尔虎视眈眈地望着，他清楚地看见它的两眼在放光。他慢慢起身移向床铺的另一侧，祈求着上帝的帮助,因为他感觉自己面临的将是一场你死我活的战斗。他擦着火柴,点亮松油蜡烛,用左手拿着,右手则操起那杆旧鱼叉,决意投入战斗。但是,他的身子实在是太虚弱了,以至于不得不用鱼叉当拐杖。那只猞猁还站在桌子上一动不动,不过它稍稍俯下了一点儿身子,好像要来一个弹跳动作。它的眼睛在烛光里闪着红光,它的短尾巴左右摇摆,咆哮声又提高了一度。索尔的双膝不禁开始颤抖,但他还是把鱼叉对准那野蛮的家伙,有气无力地刺了过去。那家伙同时跟着跳起来,但却没有如他一开始以为的那样跳向他,而是越过他的头顶,落在了他身后的地面上,并且立刻溜到了床底下。

这只是一次暂时的击退。索尔把火烛放在木桩旁的架子上,然后双手握住鱼叉。他是在为生命而战,他清楚这一点。他听到了姑娘们有气无力的祈祷声。他死死盯着床下那闪闪放光的眼睛,听着猞猁那越来越高的吼叫声。他竭力让自己站稳,使出全身所有的力气用鱼叉一刺。

鱼叉刺中了某种比木头柔软的东西:随即传出一声恶吼。男孩将全身的重量都压在了这件武器上,那只猞猁挣扎着要扑向他。他感觉到猞猁的牙齿和爪子在鱼叉柄上乱咬乱抓,不管他如何用力,那野兽还是在向他逼近。它那有力的四肢和爪子此刻就要够到他了。他又使出所有的力气,其实也不过就比刚才稍强一丁点儿而已。野兽踉跄了一下,发出一声嚎叫,“咔嚓”一声,一个突然的前倾,那根已经朽烂的旧鱼叉折断了,猞猁蹿了出去,蹦向男孩,从他身上跃过去，压根没有碰他，而是穿过那个洞口跑掉了，再也没有出现。

索尔跌倒在床上，没有了任何意识。

他不知道在那里躺了多久，反正是被外面大白天里传来的一阵响亮、愉快的声音吵醒了：“喂！喂！你们都死了吗？露！索尔！玛格特！”

他没有力气回答，不过，外面的马蹄声在靠近，接着响起一阵沉重的脚步声，门被用力推开了，康尼大踏步地走了进来，还像以往那样英俊，那样神采奕奕。但是，一踏进这沉闷的小木屋，他的脸上立刻闪现出惊恐和痛苦的表情！

“死了？”他倒吸了一口凉气，“谁死了？你在哪里？索尔！”接着又喊道，“那是谁？露？玛格特？”

“康尼——康尼——”床铺上传来有气无力的呼声，“她们在这里，都得了可怕的病。我们没有吃的了。”

“哦，我可真蠢啊！”康尼一遍又一遍地自责道，“我居然确信你们会去艾勒顿家，弄到所有你们想要的食物。”

“我们根本没有机会，康尼，就在你离开后，我们三个马上都病倒了。后来猞猁来了，逮走了母鸡，连屋里所有吃的都没放过。”

“啊，你竟然干掉了它。”康尼指着地上的血迹说，那血迹穿过泥地板一直延伸到那些木桩下面。

有了上好的饮食、用心的照料和药物的治疗，他们全都康复了。

一两个月后，当姑娘们说想要一个新的过滤桶时，索尔说：“我知道哪里有一个跟大木桶一样的空心椴树木头。”

他和康尼来到了那地方，当他们砍下所需要的那段木料时，发现在长长树洞的另一头，有两只小猞猁和它们妈妈已经风干了的尸体，那只老猞猁的尸体一侧还扎着那个断落的鱼叉头。

小战马:一只长耳大野兔的故事

一

小战马差不多认识镇上所有的狗。首先,就是一条追逐过它好多次的大块头棕色狗,小战马每次都能从木板栅栏上的破洞溜走,顺利摆脱掉这家伙。其次,就是那条身材娇小动作敏捷的狗,它可以钻过破洞追上来,对付它的办法是跳过一段二十英尺宽、有着陡峭堤岸和湍急水流的灌溉水渠。这小狗跳不过去。它是对付这个敌人的“灵丹妙药”,镇上调皮的男孩们把这个地方叫作“兔子渠”。但是,有条灰狗却比小战马跳得还好,在它无法从栅栏上的破洞钻过去时,便直接从栅栏上一跃而过。这条灰狗不止一次考验过小战马的斗志,小战马只能用迅速的躲闪来保命,直到跑到一片桑橙树树篱那里,灰狗才不得不放弃追逐。除了这些,镇上还有一群很麻烦的由大大小小的狗所组成的乌合之众,但只要是在开阔地带,小战马就能轻易地将它们甩在身后。

在乡村,每个农舍都有一条狗,但只有一条狗是小战马

真正害怕的，那是一条凶猛的长腿黑狗，是个格外迅捷又固执的残忍家伙，有好几次都几乎将小战马逼入绝境。

对于镇上的猫，小战马倒是不大关心，只有一两次差点被抓住。一个月光皎洁的夜晚，一只有着辉煌战绩的大汤姆猫爬到了小战马正在吃草的地方。小战马看见了这个双眼放光的黑色怪物，在发起最后冲锋之前的那一刻，小战马面对着这家伙，竖起腰身，直直地立着，六英寸长的宽大耳朵高高耸起。随即，小战马发出一阵大叫，尽力要来上一阵咆哮；小战马向前跳出五英尺，落到黑猫的头上，用尖利的后爪猛蹬，老汤姆被这个奇特的两只腿的庞然大物吓得逃之夭夭。这个计策试了几次都很成功，但有两次结局却是惨败：一次，是面对一只猫妈妈和它的小猫咪们，为了保护孩子，猫妈妈虽然吓了一跳，但立即朝小战马猛地扑了过来，小战马只好被迫逃命；另一次则是重重地误跳到了一只臭鼬身上。

不过，那条灰狗的确是一个危险的敌人，要不是小战马那次化险为夷，可能就已经把小命丢了。

小战马趁夜间出来觅食，这样很少会碰上敌人，而且也容易躲藏。但是，一个冬日的拂晓时分，小战马在一堆紫苜蓿旁逗留了挺长的时间，然后穿过一片开阔的雪地，朝它最喜欢的窝里走去。这时，坏运气不期而至，它遇到了正在镇外转悠的灰狗。雪地如此开阔，又是在光天化日之下，哪里还有可以躲藏的地方？只有撒腿逃跑了，但松软的雪地对于小战马来说，跑起来可要比这条灰狗费劲多了。

小战马和灰狗双双向前奔去，很像一对状态良好的超级赛跑选手。它们在雪地上那么轻盈地掠过，灵敏的双足每次着地，都带起一片雪沫，并发出轻微的“噗——噗——噗”的声音。小战马奋力奔跑着，忽而改变方向，不停地闪避灰狗的追击。什么都对灰狗有利——空空的胃，寒冷的天气，松软的雪地——而小战马却由于饱餐了一顿苜蓿草，导致沉重的身子很妨碍奔跑。可是，它的腿脚仍然是那么快，雪地上立刻出现了一打黑玉似的小脚印。开阔地带的追逐还在继续，附近没有对小战马有利的树篱，它每次企图靠近一处栅栏的时候，都被灰狗聪明地阻止了。长耳兔的耳朵已不再无畏地高高竖起，这一定是心灰意冷的信号，要不就是风吹的缘故。但是，随着体力的恢复，它的耳朵又挺立了起来。小战马使出浑身的力量，没有跑向北面的树篱，而是冲向了东面开阔的大草原。灰狗紧随其后，在还不到五十码的时候，长耳兔突然一个闪身，甩开了那个凶猛的追逐者，但接下来，它又回到了向东的路线，就这样左突右进，一直行进在通往下一个农舍的路段上。农舍那里有一片挺高的木板栅栏，栅栏上有一个供母鸡出入的洞，那里还住着另一个令它憎恨的敌人，就是大黑狗。一片倾斜的树篱让灰狗耽搁了一会儿，长耳兔乘机冲过鸡洞，躲进院子，在一边藏了起来。灰狗奔到低矮的大门跟前，跃过去，落入了母鸡群里，弄得母鸡们咯咯大叫，扑棱着翅膀四散而逃，一些羊羔也大声咩咩地叫着。母鸡们天生的卫士大黑狗跑上前来营救，小战马立即又从它刚刚逃进来的鸡洞溜了出去。一阵憎恶而又暴怒的恐怖狗吠声从它身后的鸡舍里传来，很快，又有了人的叫喊声。小战马不知道事情是如何结束的，也不想知道。不过很明显，从此以后，小战马再也没有被那条身手敏捷的灰狗找过麻烦。

二

最近几年，卡斯卡多州的长耳大野兔的数量经历了跌宕起伏的变化。过去，它们曾同捕食的鸟兽和严寒酷暑，同瘟疫和通过叮咬滋生可恶疾病的蚊虫进行过无休止的战斗，不过兔子们都挺了过来。可是，农民在这一地区安居之后，许许多多的变化悄然发生。

猎狗和枪支源源不断地到来，这使得郊狼、狐狸、狼、獾和鹰等长耳大野兔的猎食大军开始减员。于是，短短几年内，兔子得以大量成群繁殖，可随后爆发了瘟疫，差点成了野兔的灭顶之灾。只有最强壮的——经验丰富的兔子——存活了下来。长耳大野兔一度十分稀有，不过就在这一期间，另一种变化又出现了。那些随处种植的桑橙树树篱为兔子们提供了一处新的庇护所，现在，一只长耳大野兔的安全依靠的是它的才智而不是速度，当被狗或郊狼追逐的时候，它会冲向最近的树篱，钻进一个小洞，趁敌人寻找大一点的洞口继续追赶时逃之夭夭。郊狼成功地应对了这种伎俩，它们发明出了接力追捕的对策。一条郊狼占据一块地盘，另一条占据下一个，如果兔子使用“树篱诡计”的话，郊狼们就会各自出击，这样往往能够赢得猎物。

兔子对此进行的补救之计，就是用敏锐的眼睛去发现第二条郊狼，以免跑入它的地盘，然后用长耳兔那双好腿脚甩开第一个敌人。这样，长耳大野兔在持续历经了大起大落之后，此刻又一次处于增长的阶段。那些经过上百次艰辛考验而幸存下来的兔子，已经有能力在它们的祖先甚至都无法活过一季的这个地方快速发展起来。

它们特别喜欢的地界不是绵延开阔的大牧场，而是地形复杂、遍布栅栏的农场，农场的面积很小，就像个小村庄。

其中，纽秋森火车站附近的一个蔬菜村落非常受长耳大野兔的喜爱。一英里外的这个村子为新生的良种长耳大野兔提供了丰富的食物。这些兔子当中有一位被叫作“亮眼睛”的小母兔，它是位奔跑的能手，摆脱郊狼的追击对它来说是小菜一碟。它在一片开阔的牧场上建造了自己的窝，那是一处尚无人涉足的古老牧场。它的孩子们就在这里出生和长大。其中一只长着和它一样明亮的眼睛，披着一身银灰色的毛，而且继承了一部分它的智慧。不过，还有一点与众不同的是，它不仅继承了母亲最优秀的天赋，而且还具备这片平原上新生长耳大野兔最优良的品质。

这就是我们一直在讲述着其冒险经历的那只长耳大野兔，后来它又在赛场上赢得了“小战马”的美名，此后又取得了世界性的声誉。

当它还只是个娃娃的时候，它便发现了一种计策，这种计策使其堪称卡斯卡多州最聪明的兔子。当时，它被一条可怕的小黄狗追逐着，正徒劳地在田野和农场中东躲西闪，企图摆脱小黄狗。这是对付郊狼的好把戏，因为农夫和家犬经常会帮助长耳大野兔来攻击郊狼，尽管他们并不认识这只长耳大野兔。但是此刻这种计策完全不灵光了，那条小黄狗设法追着它穿过一个又一个栅栏，小战马长耳大野兔尚未长成，没有多少经验，开始感到紧张。它的耳朵不再高高直立，而是向后倾斜着，当它飞奔过桑橙树篱上那个很小的洞口时，还得不时让耳朵低垂到水平的程度，回头发现小黄狗仍在身后穷追不舍，前方，在田野的中央站着一小群牛，还有一头小牛犊跟在它们身边。

当身处极度危险困境时，野生动物都有一种相信任何陌生者的奇怪冲动。它们知道身后的敌人意味着死亡。只有一个机会了，小战马长耳大野兔孤注一掷地奔向牛群。

可以十分确定的是，如果考虑到的仅仅是兔子，牛群将会一直就以一副无动于衷的冷淡姿态站在一边。然而，它们对狗都有着一种根深蒂固的厌恶，所以，当它们看到那条黄狗蹦跳着朝自己跑来时，便个个扬起了尾巴和鼻子。它们生气地喷着响鼻，随即围拢在一起，由那头小牛犊的妈妈率领着，向小黄狗发起了进攻。与此同时，长耳大野兔则在一丛低矮的荆棘丛下找到了避难所。小黄狗突然转到一边去攻击小牛犊，至少那头老母牛以为小黄狗要这么干，所以老母牛才如此凶猛地追赶着它，以至于它险些逃脱不掉，就地丧命。

这真是一个很不错的计策。长耳大野兔从来不会忘记

这个计策,它不止一次地救过长耳大野兔的性命。

在毛色和能力上,小战马都是一只罕见的兔子。

动物的毛色选择出于两种主要意图:一种是同它们的周边环境相一致,以帮助自己隐藏起来——这被称作“保护色”;另一种是为了某几种目的,而使毛色很显眼——这被称作“指示色”。长耳大野兔的独特之处在于兼具这两种毛色选择方式。当它以惯有的方式蹲伏在灰蒙蒙的灌木丛里或土块上时,它的耳朵、头部、背部和两侧都会变成柔和的灰色,使它跟地面很协调,除非走到跟前,否则是不可能看见它的——这时,它呈现出了保护色。但在走近的敌人就要发现它的那一刻,长耳大野兔就会一跃而起,飞奔逃窜。这时,它会卸掉所有伪装,那灰色看上去不见了,它变得一身光亮,耳朵呈现出雪白的颜色,耳尖乌黑,腿也是白色的,尾巴则成了那一片耀眼雪白当中的一个黑点。这时,它摇身一变成了一只黑白相间的兔子。这时,它使用了“指示色”。这是怎么回事呢?很简单。耳朵的前面是灰色的,后侧则是黑白相间的。黑色的尾巴上带着白色的光晕,腿在身下蜷缩着。在它坐着的时候,它的身体都会呈现出灰色;但当它跳起来的时候,它所有的黑白色就都会显露无遗。像先前它的保护色在悄声说“我是一个土块”那样,现在,那一身指示色又在大声宣告“我是一只长耳大野兔”。

长耳大野兔为什么要这么做呢?为何一只胆小的动物在逃命时,竟然如此大胆地展现自我呢?这其中一定有些许缘由。这样做肯定有好处的,不然兔子绝不会这么干的。

答案是这样的，如果惊吓到长耳大野兔的是它的同类——也就是说，这只是虚惊一场——那么，它便会立刻显现出它的本色，让错误得以纠正。另一方面，如果是一只郊狼、狐狸或是狗在追赶的话，长耳大野兔会展现出自己的原始颜色，让敌人也马上看清这是只长耳大野兔，让敌人知道去追赶它不过是白白浪费时间。实际上，它们往往也会说："这是一只长耳大野兔，公然跟它赛跑那是徒劳啊。"它们只能眼睁睁地放弃，当然，这也就省去了长耳大野兔很多不必要的奔跑和担忧。黑白相间的斑点是长耳大野兔家族的重要特征。在劣种兔子身上，这些斑点往往显得黯淡无光，但在最优质的兔种身上，这些斑点不仅会变大，而且要更加明亮。小战马坐着时皮毛是灰色的，当它奋起挑战狐狸或那暗黄色的郊狼时，浑身便像白雪一样闪闪放光。不费吹灰之力，小战马就能把像郊狼这样的敌人远远甩在身后，开始时还是一只黑白相间的长耳大野兔，随即就变成了一个小白点，最后则变成一个毛茸茸的小点点，直到被遥远的地平线吞没为止。

很多农民家的狗都领教过这样的教训："你也许能捉住一只灰兔，但却别指望逮到一只名副其实的长耳大野兔。"农户的狗也许的的确确能够追它一段时间，但那只不过就是饭后没事做的一种消遣而已。而且，小战马那充沛的活力常常使得它主动去招惹这些狗，因为小战马要借这追逐寻求一点儿刺激。

和其他野生动物一样，长耳大野兔也有一定的活动范围,这个范围对它而言就是家,它极少偏离这里。小战马从村中心开始向东穿越,一直延伸至离村大约三英里。它的“窟”都散布在这一地带。这些窟其实仅仅是些掩藏在灌木或是草丛里的洞洞而已,里面除了偶尔冒出的野草和吹进来的几片树叶之外,空空如也。不过,舒适度却是很好的。有些洞洞是为大热天准备的,它们面向北方,几乎没怎么深挖,就跟荫凉地差不多;有些洞洞则是为大冷天准备的,很深,朝南敞开;还有些洞洞是为了防雨的,顶上严严实实地铺了层草,洞口朝西。白天它会在其中的某个洞里度过,到了晚上便出来和同伴一起觅食,它们在月光皎洁的夜里玩耍、打闹,活像一群小狗崽。但是等太阳一出来,它们就格外小心地跑开了,稳稳当当地藏到适合当时气候的那个窟里去了。

对于长耳大野兔来说,最安全的地方就是农场中间。那里不但有桑橙树篱,还有新安的倒钩铁丝网,阻拦敌人的障碍物和危险物。然而,最好的草料总是在那个蔬菜村庄附近——那里的草料最棒,险情也最厉害。虽说平原上某些危险是没有的,可人、枪、狗和让你走投无路的栅栏这些更大的风险却大大增加了。不过,那些最了解小战马的人,对于它在菜农的瓜地中间安家却一点儿也不会感到奇怪。这里虽然有许多危险困扰着小战马,但是也有许多非同寻常的快乐,而且在它不得不要飞奔逃命的时候,栅栏上又有许多洞眼可以利用,过后,至少还有四十条对策可以帮得上它哩。

三

纽秋森是一个典型的西部城镇。看起来这里处处都在不遗余力地进行着丑化。街道一律是直通通的小巷，既没有弧线，也没有景点。房子都很低劣，是用薄木板和柏油纸搭起来的劣质结构，却也还要虚伪地掩盖它们的劣质，每一栋都被粉饰成看起来很华丽的样子。其中一栋房子有一个假前门，这使它看起来像是两层小楼，另一栋房子则是仿砖的，还有一栋房子干脆把自己伪装成了一座大理石庙宇。

但是所有的人都承认，作为人类的住所，这是最丑陋不过的东西了，而且在每栋房子上都能读到主人隐秘的想法——忍受它一年左右的时间，然后就搬到别的地方去。这里唯一美丽的、尚未经过刻意修饰的是一排排长长的人工种植的遮阴树，虽然被抹上石灰水的树干和修剪得光秃秃的树冠要多难看就有多难看，但依然显得那么茁壮而又充满生机。

这镇上唯一有点儿别致的建筑物就属那座谷仓了。它没有被伪装成希腊的庙宇或是瑞士的牧屋，而就单纯是一座结实、粗犷、本色的谷仓。每一条街道的尽头都是一处牧场，那里有农舍、风车泵和长排的桑橙树篱。这里至少还有一些有趣的东西——灰绿色的桑橙树篱，浓密、粗壮、高大，上面点缀着金黄色的桑橙，虽然无法食用，但在这儿却比沙漠里的雨水还受欢迎。因为，每到成熟的季节，它们在长长的粗大枝条上晃悠着，映衬着淡绿色的叶子，构成了

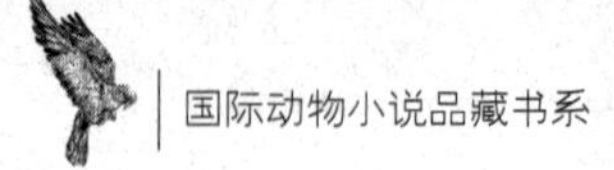

一道亮丽的风景，愉悦着人们倦怠的眼睛。

这样一个小镇属于那种人们不愿久待的地方，一位于深冬时节发现自己要在此暂留两天的游客就是这么想的。他向人打听此地有什么值得看的东西。但是，镇上那家小店的盒子里，那只白色麝鼠的标本、四十年前被印第安人剥去头皮的老拜基·布林的遗骨和一支基特·卡森用过的烟斗等这些，都没有引起这个游客的兴趣。于是，他便转向了牧场，那里仍然覆盖着白雪。

雪地上无数狗的脚印中，有一道印迹引起了他的注意：那是一只大个儿长耳大野兔的足迹。他询问过路人这镇子里是不是有兔子。

“没有，我估计没有。我从来没见过任何兔子。”那人答道。一位工厂的工人给出的是同样的回答，但是一个拿着一捆报纸的小男孩却说道：“当然有啦！那边牧场上有的是，它们还会成群来到镇上哩。哇，有一只好大好大的家伙就住在西·卡尔伯的瓜地里——啊，一只出奇大的家伙，身上一块白一块黑的，就像棋盘一样！”说完，他指点着让这位陌生人向东走去。

那只“出奇大的家伙”其实就是小战马。它并没有住在卡尔伯的瓜地里，只是偶尔才上那儿去。现在它就不在那里，而是正住在门冲西的洞洞里呢，因为一股阴冷的东风正在刮起。这个窟位于麦迪森大街的正东，当这位陌生人迈着沉重缓慢的步子走在那条路上的时候，小战马一直在盯着他。只要这个人沿着那条路继续走下去，小战马就会

按兵不动，但是，那条路走不多久就该向北拐弯了，这个人却不知何故离开了原路，径直朝小战马这边走了过来。这时，长耳大野兔看到麻烦就在眼前了，它就从窟里一跃而起，转身逃窜，它疾速穿过牧场，径直向东奔去。

一只长耳大野兔逃离它的敌人时，通常一跳就是八九英尺的距离，每跳完五六次之后，它会来一次侦察性跳跃，不是向前跳，而是朝空中跳，为的是高出所有牧草和灌木丛，以便探知周围的情况。一只年幼愚蠢的长耳大野兔经常每跳四下就来一次侦察跳，这样做无疑浪费了大量时间。而一只精明的长耳大野兔则是每跳七八下才会来一次侦察跳。可是，小战马在奔跑的时候就能获得所有它需要的情报，并且是在跳过十二下之后才来一次侦察跳，而它的每一次飞跳都能有十到十四英尺的距离。不过，在雪地上奔跑时，小战马还是会留下独特的痕迹。棉尾兔或是森林野兔在奔跑时，它们的尾巴是蜷曲着紧贴在后背上的，不会在雪地上留下痕迹。而一只长耳大野兔在奔跑时，它的尾巴会向下或向后垂着，尾巴尖或曲或直；有些长耳大野兔的尾巴则会直直向下，因此经常会在脚印后面留下一点儿划痕。小战马乌黑锃亮的尾巴有着非同寻常的长度，每一次蹦跳时，都会在雪地上留下一道长长的划痕；一见这痕迹，就能知道是哪一只兔子留下的印迹了。

现在，有些兔子看到没有带狗的人是不怎么感到害怕的，但是小战马却还记得从前有个杀手带给它的痛苦经历，所以当敌人还处在七十五码开外的地方时，它便拔腿就逃了。它低伏着身子一掠而过，跑向东南方一道向东延展的栅栏。钻过栅栏，它又像一只低空飞行的鹰似的前进，直到抵达一英里之外它的另一个窟，踮起脚侦察了一番之后，才重新安顿下来休息。

但是并不会休息多久。二十分钟后，它那双紧紧贴着地面的具有扩音器功能的大耳朵听到了一种有规律的“吭、吭、吭”的声音，那是一个人沉重的脚步声，它猛地跳起，看见一个手持亮闪闪棍棒的人此刻正在向它靠近。

小战马一跃而出，朝栅栏奔去。这期间它一次也没有进行侦察跳，直到铁丝网和栏杆挡在了它和敌人之间，它这才直起身子来了次侦察跳。看情形，这是一次不必要的侦察跳，因为那个人只是在查看地上的足迹，连兔子的影子都没能看到。

长耳大野兔沿路掠过，保持着低低的身姿，同时留意着其他敌人。现在它知道那个人正在追踪它的足迹。为混淆敌人的判断，脑瓜灵活的小战马快速在地上留下了另一道足迹。它先是沿着一条长长的笔直路线跑向远处的一道栅栏，然后再沿着它向远处跑上五十码，接着又调头往回重复一遍，随即再朝不同的方向跑去，一直跑到它的另一个窟里。它整夜都待在外面，真想休息一下了，此时太阳光照在雪地上很是耀眼，但是，它刚找到地方躺下，还没等暖和过来呢，就又听到了敌人发出的那沉重有力的脚步声，它只好继续仓皇逃窜。

跑了半英里之后，它停下来，稍稍直起身子望了望，注

意到那个人还在跟踪。于是，它就在自己的足迹上留下了一个又一个急转弯，那是会让大多数追踪者感到迷惑的一连串令人眼花缭乱的Z字形足迹。随后，它又跑了一百码，经过自己最喜欢的一个窟，接着再由另一头折回这个窟里，才开始安顿下来休息，它确信那个敌人这回肯定跟丢了。

那个人的脚步不过是比以前缓慢了一些，但还是来了——“吭、吭、吭”。

长耳大野兔醒了，但仍旧趴着一动不动。那个人沿着足迹走到了它前面一百码的地方，在他继续往前走时，长耳大野兔神不知鬼不觉地跳了出去，它意识到这个场合非比寻常，需要来一次特殊的努力。那个人已经绕着小战马的家园兜了一大圈，现在离有大黑狗的那个农舍不到一英里了。那里有很棒的木栅栏，上面还有挺令小战马开心的事先弄好的鸡洞。那是一个留有美好记忆的地方——就是在那里它不止一次地取得了胜利，特别是挫败了那条大灰狗的那一次。

小战马跳过雪地，朝有大黑狗的那个栅栏奔去。

鸡洞居然被封上了，小战马大惑不解，只好偷偷绕过去寻找另一个洞，可是没有成功，直到绕到了前门，发现那里的大门正大开着，里面躺在几块木板上睡得正香的就是那条大黑狗。母鸡们正弓着背趴在院子里最暖和的角落。正当小战马在大门口止步不前时，那家的猫正小心翼翼地从谷仓向厨房走去。

追踪者的黑色身影正从远处白茫茫牧场的斜坡上缓慢走来。长耳大野兔不声不响地跳进了院子里。一只本该少管闲事的长腿大公鸡看见有兔子跳到了跟前,便发出了一声大叫。躺在太阳下的大黑狗抬起了头,站起身来,这下子长耳大野兔的处境可就不妙了。它赶紧低低地蹲下身来,将自己变成灰色的土块。尽管它干得很聪明,但要不是那只猫,它仍然有可能前功尽弃。既非有意也非自愿地,那只猫就救了小战马一命。大黑狗朝小战马跟前走了三步,不过并不知道小战马在那里,可大黑狗封锁了逃离院子的唯一出路。就在这时,那只猫来到了房子的拐角处,在跳上窗台时,它碰翻了一个花盆。单凭这个笨拙的动作,它便打破了自己和大黑狗之间的和平局面。于是,那只猫向谷仓逃去,大黑狗两眼直瞪地去追猫。它们从蹲伏着的长耳大野兔身旁不出三十英尺的地方跑过。等它们一跑远,长耳大野兔便转过身去,甚至连声“谢谢你,小猫咪”都没说,就逃到了开阔地上,沿着被人踩得很硬的路面跑走了。

那只猫被房屋的女主人救下了,大黑狗再一次回到木板上懒懒地躺下。这时,那个追踪小战马的人也赶到了。他携带的不是枪,而是一根粗粗的棍棒,那有时也被叫作“打狗棒”,它就是这个时候用来防止狗儿攻击他所要捕获的猎物的。

小战马的计策,不管是不是计划好了的,反正是成功了,兔子摆脱掉了令它恼怒的跟踪者。

第二天,那位陌生人又搜寻了一次长耳大野兔,但是没有找到它，只是找到了它的踪迹。他从那尾部的特征、长距离的跳跃以及不多的侦察跳上辨认出了小战马的踪迹。但是，从这些痕迹中他判断出，还有一只更小的兔子和小战马一起。这里是它们彼此相遇的地方，它们在这里是相互追逐闹着玩的，因为丝毫没有看见打斗的迹象。它们在这里觅食，或坐在一起晒太阳；在那里，它们依偎漫步；到了这里，又开始在雪地上戏耍，始终形影不离。种种迹象表明：这是交配的季节。这是长耳大野兔中的一对儿——小战马和它的爱人。

四

接下来的夏季对于长耳大野兔们来说是一年中最美妙的时节。一条悬赏猎杀老鹰和猫头鹰的愚蠢法令颁布了，因而导致了人们对这些动物的大规模屠杀。这一结果导致兔子大量繁殖，目前已经使整个地区面临毁灭性的威胁了。

这条悬赏法令的受害者——农场主们，以及它的制定者们，决定要大力驱赶兔子。一天早晨，整个地区的人都被邀请到村北头的土路上，目的是要风卷残云般地来它个连窝端，最终把兔子们赶进一个由密集铁丝网做成的大围栏里去。狗因为不好管理都被关了起来，枪也被禁止。不过，每个男人和男孩子都带上了两根长棍和满满一袋子石头。赶来的妇女不是骑在马上，就是坐在马车里。许多人都拿着拨浪鼓、号角和罐头盒之类的东西来制造噪音。好多马车的后面还拖着一串破罐子,或是系上木板条,剐蹭着车轮辐条,增大了赶车时发出的震耳欲聋的喧哗声。因为兔子拥有出奇灵敏的听力,这种让人听来心烦意乱的噪音,极有可能会让兔子们抓狂。

天气不错,早晨八点钟,前进的命令发出了。起初,清洗大野兔的队伍大约有五英里那么长,每隔三四十码就有一个男人或男孩。马车和骑马的人几乎全部必须待在马路上,但是那负责追打兔子的人则要面对各种情况,并保持住前线不被突破。队伍由三个分队组成,像正方形的三条边。每个男人都尽可能大声地击打着路上的每一处灌木丛。许多兔子跳了出来。有些冲向队伍,立刻遭到犹如雨点般的石头的攻击,它们多半被砸倒在地。有一两只确实冲出了重围,得以逃脱,但大多数都是未等追赶便被清除掉了。一开始,人们看到的兔子还不多,但是走了不到三英里,就见前面跑满了从四面八方窜出来的兔子。五英里之后——花了大约三个小时左右——两翼包抄的命令发出了。人与人之间的距离开始缩短,直到相距不足十英尺,接着整个驱赶在两翼队伍的引导下,逐渐向畜栏汇集;另一侧的队伍也开始发力了,向两翼队伍合拢,合围完成了。现在驱赶者们行进得非常迅速,众多的兔子一旦跑得离追打者过近便会即刻毙命。它们尸横遍野,而兔群看起来似乎还在增加。到了最后一步,那些受害者被关进围栏之前,就瞧吧,两英亩的土地上是一大群疯狂疾速地东蹿西跳的兔子。它们来回兜着圈子,又蹦又跳,寻找着逃命的机会。可

是，随着包围圈的渐渐缩小，不为所动的人群也越发地密集，整个兔群被迫顺着斜槽进了严密的围栏里；有些兔子笨头笨脑地蹲伏在中间，有些绕着外栏猛跑，还有些则在角落里或是彼此的身下找寻藏身之地。

那么小战马这阵子在哪里呢？驱赶者追寻了它一路，它是第一批进入围栏的兔子之一。不过，人类建立了一项优胜劣汰的奇怪方案。这个围栏就是这些兔子的死亡陷阱，最优秀、最健壮的兔子才可以幸免。这里的许多兔子都是有毛病的，那些以为所有野生动物都是健全的人，如果看到这个有四五千只长耳大野兔的围栏里竟然充斥着那么多瘸腿、残疾和生病的家伙时，一定会感到非常震惊的。

这是一次罗马人式的胜利——一群卑贱的囚徒将要被屠戮一空。从中精挑细选出来的长耳大野兔会留着送往竞技场，就是那所谓的追逐场。

在这个围栏陷阱里，早就为兔子们预备好的是许多沿墙摆放的小箱子，满满一溜，至少有五百个，每个箱子大得足以容纳下一只长耳大野兔。

在最后的追逐冲刺时刻，最敏捷的兔子会最先到达围栏。有些兔子很敏捷也很愚蠢，一旦进入围栏就只知道一圈一圈地狂奔。而有些兔子则既敏捷又聪明，它们会很快就找到小箱子为它们提供的那个藏身之处。现在，所有的这些小箱子都装满了。五百只最敏捷又最聪明的长耳大野兔就这样被挑选完毕了，用的虽不是绝对可靠的办法，但却是最简单、最方便的。这五百只兔子并非已经安全了，它们也是在劫难逃,命中注定要被灰狗追杀。而其他的四千多只则会遭到无情的杀戮。

这一天，装有五百只长着明亮眼睛的长耳大野兔的小箱子被搬上了火车,它们当中就有小战马。

五

兔子们对它们遇到的麻烦处之淡然，一旦大屠杀的喧嚣结束,与之相随的恐惧也消散了,那些关在箱子里的长耳大野兔并没有把这次旅行看作不幸之旅的开始。当它们到达大城市附近的那个追逐场时,被很和气地一个接一个地放了出来。长耳大野兔们发现对于这个大围场也没有什么可抱怨的,里面有很多好吃的,而且还没有敌人来烦它们。

就在第二天早上,对它们的训练开始了。二十个小门被打开，通向的是一处非常大的场地——赛场。大批兔子从这些出口散乱跑出去之后，一群张牙舞爪的男孩便出现了,将它们往回驱赶,大喊大叫着追在后面,直到它们都再次回到那处被叫作避难所的较小场地上。这样子训练了几天之后,再被追赶时,长耳大野兔们都知道安全之策就是赶紧回头找一个小门溜进避难所。

现在第二项训练开始了。整个兔子队伍从一个侧门被驱赶到一条长长的跑道上，这条跑道环绕赛场的三面,通向远处终点的另一个围场。这是作为起跑点的围栏。它的门通往竞技场——对,也就是跑马场——门被打开了,兔子们被往前赶去，随后躲在一边的一伙男孩和狗突然冲出来，追着它们穿过围栏。整个兔子大军上蹿下跳地跑开了，其中有些年幼的家伙还习惯性地来了个侦察跳。飞快掠过所有兔子跑到前面的是一只漂亮的黑白相间的兔子，手脚干净利落，眼睛光彩熠熠，在围栏里就很引人注目。而今在赛场上，它凭着轻松的向前跳远远领先于兔群，就像兔群远远领先于那些由平庸之狗组成的乌合之众一样。

“快看那里，快看，像不像一匹小战马！”一个样子凶巴巴的爱尔兰马童高声喊道，小战马因此得名。跑到半路时，长耳大野兔们突然想起了避难所，结果全都朝那里蜂拥而去，就像是一大片飘浮着的雪白云朵。

这便是它们的第二门课——一从围栏里被赶出来，马上就直奔避难所。一周之后，所有的兔子都学会了，跑马俱乐部的伟大开幕式已经准备就绪。

现在，马夫和随从们对于小战马已相当熟悉了。它的毛色使它显得十分醒目，它的领导能力也在一定程度上被那些跟它一起逃跑的长耳兔们所承认。人们在谈话或打赌时，会时不时地提到它。

“要是老迪格纳姆让他家的敏基今年参赛，不知道会怎样？”

我敢打赌小战马会让敏基和它那猛追的同伙都没了胆。”

“我下三倍的赌注，我的老坚在小战马跑过大看台前就能捉住它。”一个狗主人叫嚣道。

“要是我，就用现金打这个赌，”米基说，“比这个还要多，俺要拿出一个月的薪水下注，全赛程那些狗里面没一条能让小战马拐个弯的。”

他们就这样又是争吵又是打赌的。但是每天，当他们让兔子遛完腿之后，就会有更多的人相信，他们在小战马身上发现了一个神奇飞毛腿的潜质，它会让最好的灰狗开开眼界，见识一场从起点到大看台再到避难所的艰苦卓绝的追逐。

六

赛跑会的第一天早上到来了，阳光明媚，生机盎然。大看台上挤满了从城里赶来的人。呈现在眼前的赛程采取的还是通常的形式。随处可以看见用一根皮带牵着一条或一对灰狗的狗夫，狗的身子上都裹着毯子，露出肌肉发达的四肢、蛇一般的脖子、长着骇人嘴巴的有型的脑袋，以及机警、不安的黄眼睛——这些全是天姿卓越和人类训练的结果，它们堪称血肉铸就的最奇妙的奔跑机器。他们的主人就像看护珍宝那样地看护着它们，像照料婴儿那样地照料着它们，小心翼翼地不让它们随便捡吃零食，阻止它们嗅触不寻常的物体，也不让陌生人接近。

人们在这些狗身上可是下了大赌注的，谁都知道，一颗布置好的钉子、一块下了药的肉，还有一种人工合成的气味，都足以使一个年轻杰出的赛跑健将变成毫无生气的劣等狗，对于主人来说，这可能就要招来灭顶之灾了。

参赛的狗都得两两组合进入每个级别的比赛，每场比赛安排两条狗彼此进行对决，第一轮胜出的再接着进行对抗组合。在每一次选拔赛中，一只长耳大野兔从起点围栏被驱赶出去。用一条绳子拴在一起的是两条参赛的狗，由放狗人牵着。一等野兔跑远了，负责放狗的人就得把两条狗放在同一起跑点上一起松手。场地上的裁判身穿猩红色的外套，骑着高头大马。他一路追随着这场角逐。野兔牢记着曾经的训练，快速穿过毫无遮拦的赛场，朝避难所跑去，这整个过程在大看台上一览无余。灰狗们对长耳大野兔穷追不舍。当其中那条领先的狗追到跟前，险情即将发生之时，野兔就会迅捷躲闪开。野兔的每一次闪躲，会让逼近的这条狗得分，谁拿下了兔子，谁就能获得最高分。

有时，兔子从起点还没跑出一百码就被拿下了——这意味着这是只差劲的兔子。大多时候，这种情景是发生在大看台前。但偶尔也有这种罕见状况，长耳大野兔一路狂奔，与猎狗斗智斗勇，最后终于安全跑进避难所。比赛可能会有四种结局：一是兔子很快就被拿下；二是兔子很快就跑进了避难所；三是如果天气炎热，坚持跑上好几分钟，极度紧张的奔跑可能会让狗发作心脏病，所以要换上一批新的赛手；最后是兔子们不断地躲闪挑衅，让赛狗很受伤。然而，如果长耳大野兔也没有成功逃进避难所，那么等待它们的就是上了膛的手枪。

与卡斯卡多赛马场一样，这里也处处充满诡计、诈骗。所以，一个赛狗竞技场的裁判和放狗人员必须为公众所信任。

第二场比赛开赛的前一天，一个煤贩子假装偶然地与爱尔兰人米基搭讪。他将一支雪茄递了过去，不过，雪茄外面包了一张钞票，米基揭下钞票，装进兜里，然后点燃雪茄。接着，那人说了一句："作为明天的放狗人，如果你能让迪格纳姆的敏基玩完，哈，那就意味你还会得到另一支雪茄。"

"行，要是我负责放狗的话，我会事先做好手脚，保准敏基得不到一分，不过和它一起跑的狗也要同样倒霉了。"

"是这样吗？"煤贩子看上去饶有兴趣，"好吧——就这么定了。要是那样的话我就送你两支雪茄。"

以前负责放狗的人斯雷曼做事公正，他轻蔑地拒绝过许多套近乎的人——这是人所共知的。大多数人都很信任他，但是也有一些对他不满的人，一个带着不少黄金的人找到了赛事负责人，说斯雷曼在竞技场上手脚不干净，并且还弄得满城风言风语。于是，米基·杜便接替他来管事了。

米基很穷，也不大慎重。眼前有个一分钟就能赚到一年薪水的机会，又出不了什么岔子，既伤害不到狗，也伤害不到兔子，何乐而不为呢？

每只长耳大野兔长得都很相似。人人都知道这一点，只是你选择先放哪只兔子的问题。

预赛结束了。五十只兔子被猎杀。米基令人满意地完成了他的工作，没人能看出米基在放大野兔过程中的手脚。他继续掌管着放狗人的权力。现在，进入了角逐奖杯和大笔赌注的决赛。

七

那些身材修长且姿态优雅的狗儿们正等待着出场。敏基和它的对手最先出场。到目前为止,一切都公平无误,谁能说接下来的比赛会是不公平的呢?米基可以挑他所喜欢的长耳大野兔放出去。

“三号!”他朝搭档喊道。

跳出来的是小战马——黑白相间的大耳朵,它狂野地瞪着赛场上那异常拥挤的人群,来了一个令人吃惊的高空侦察跳。

“嗨嗨嗨!”放狗人大叫着,他的搭档用棍子不停地“啪啪”敲打着栅栏。小战马的跳跃距离达到了八九英尺远。

小战马还是不老实,它的每一跳已经到了十至十二英尺远。在它跳到三十码的时候,赛狗被放了出来——是同时放出的。

“嗨嗨嗨!嗨嗨嗨!”小战马一下子跳到十四英尺远了,中间没来一次侦察跳。

“嗨嗨嗨!”猎狗真棒!它们跑得多轻快啊。但是,那飘动在它们前面,恰似一只白色海鸟或一朵飞云的正是小战马。它已经跑过了大看台。狗儿们拉近了与它之间的间距了吗?是拉远了!还不等人们回过神来,这只毛茸茸的黑白相间的小家伙就已迅速飘过避难所的门——这扇门就好像树篱笆上供母鸡出入的小洞——灰狗们在一片嘲笑和为小战马欢呼的喧嚣声中停了下来。米基笑得好厉害哟!迪格纳姆则是好一顿骂啊!报社记者们又是大书特书,好一番炒作呀!

第二天，所有的报纸上都刊登了这么一段:“一只长耳大野兔的神奇本领——小战马，一如其名，在赛场上全胜两条最著名的灰狗……”

赌狗的人之间爆发了一场激烈的争吵。这是一场平局，因为谁都没有得分，敏基和它的对手被允许再赛一场。但是，上一场比赛已经跑得太剧烈了，它们无法为争夺奖杯再跑上一回了。

第二天，米基碰见了煤贩子，又是“偶然”。

“来支雪茄吧，米基。”

“好的，先生。就这么定了，这真好！俺想要两根——谢谢您，先生。”

八

打那以后，小战马就成了爱尔兰男孩的骄傲。放狗人斯雷曼已经光荣地恢复了职位，米基被降级到了放兔子的行列，这样的工作变动，让他将同情从狗身上转移到了兔子身上，或者确切地说，是转移到了小战马身上。因为从那次围剿中弄来的所有五百只兔子当中，只有它赢得了名声。虽说也有好几只兔子穿过赛场赢得比赛，但是只有小战马竟然没转一次弯就穿过了全程。比赛一周举行两次。每次都有四十或五十只长耳大野兔被干掉，围栏里的那五百只兔子几乎被猎杀得所剩无几了。

小战马每天都要跑，而且都能像往常一样跑回避难所。

米基对它的喜欢更加狂热了。他对这个四肢匀称的奔跑健将的喜爱超越了一切,米基冲着所有的人,坚决声称,输给这样一只长耳大野兔,对于一条狗来说,那还是一种荣耀呢。

能够穿越跑道的兔子实在是太少了，当小战马接连六次没有被迫躲闪就做到了这一点时，报纸都注意到了,每次比赛之后,报纸上就会出现这样一条报道:"小战马今天再次穿越成功。老计时员说,这表明我们的赛犬退化得多么严重啊。"

六次成功穿越之后,小战马的照料者们变得热情高涨,而米基——这支队伍的首席指挥官，对小战马的崇拜之情更是到了无以复加的地步。米基找到了竞技场老板,怯怯地说:"虽然是兔子,它也有权被释放。它已经赢得了这么多场比赛,是该放归大自然的时候了吧。"当然,竞技场老板才是长耳大野兔们的真正主人。

"好吧,米基,如果它能穿越十三次,你就可以送它回老家。"这就是回答。

"这没问题,可你能不能减少到十次呢,先生?"

"不,不,我还需要它来扫扫那些就要到来的新赛犬的威风呢。"

"十三次,然后它就自由了,先生,一言为定!"

这时,竞技场又新到了好多兔子,其中的一只毛色特别像小战马。虽然它跑得没有那么快,但为了避免弄错,米基还是把他最爱的小战马赶进了一个铺有护垫的搬运箱里,接着又用守门人的打孔器在它的耳朵上打了个记号。打孔器十分锋利，在小战马那垂悬着的薄薄的耳朵上打出了一个清晰的星形小孔，与此同时，米基还大声宣称道："就这么定了，你每穿越过赛道一次，俺就在你的耳朵上打一个小孔。"于是，守门人在小战马的耳朵上打出了六颗星，"现在有六颗星，小战马，等你有了十三颗星，你就能获得自由了。"

没出一个星期，小战马把新来的灰狗们也击败了，右耳朵上已经打满了星孔，该开始往左耳朵上打了。又过了一个星期，十三场比赛完成，小战马的左耳朵上有六颗星，右耳朵上有了七颗星，报纸又有了新的报道。

"哇！"米基真是欢天喜地啊！"你是一只自由的长耳大野兔了，小战马！十三总是一个幸运的数字。我从来就没有看错过它。"

九

"是的，我知道我答应过，"竞技场老板说，"不过，我想让它再跑一次。我已经在它身上下了赌，对手是这里一条新来的赛犬。这回伤害不了它什么，它肯定是能获胜的。哦，好啦。就这样吧，米基，不要不懂规矩。今天下午还有一场比赛。赛犬一天可以跑两三次，长耳大野兔为什么就不能呢？"

"猎狗可不是在拿它们的生命冒险啊，先生。"

"哦，你给我出去吧。"

又有许多兔子被补充到了围栏里——有大有小，有温和的，也有好斗的——一只性情凶蛮的大雄兔子，看见小战马那天早上急匆匆地冲进了避难所，便趁机对它发动了攻击。

如果是在别的时候，小战马一定会猛撞它的脑袋瓜子，就像它曾经对付那只猫那样，只消一分钟就会解决问题。可这次它却花了好几分钟，期间甚至是被对方控制着。所以，到了下午，它身上有了一两道青肿和硬伤，确实不算严重，但却足以影响它的速度了。

起跑情况和以前的比赛大同小异。小战马加足马力，轻快地奔跑着，它的耳朵竖着，微风穿过那十三个星孔，发出“嗖嗖”的声响。

敏基和一只新上场的赛犬方哥，一心向前追逐狂奔，可让发令员吃惊的是，小战马和赛犬之间的距离在变小。小战马正在失去它的优势，而且就在大看台前，敏基迫使它闪了一下，一阵欢呼声在赛犬的支持者中间爆发出来。不到五十码，方哥又迫使小战马躲闪，比赛正好又回到了起跑点。那里站着斯雷曼和米基。兔子躲闪着，灰狗则穷追不舍；长耳大野兔摆脱不掉了，眼看着最后的扑咬似乎就要发生了，说时迟那时快，小战马径直朝米基跃去，即刻躲进了他的怀里。这时，米基飞起脚来猛踢，赶走了两条狂怒的狗。小战马不可能知道米基是它的朋友，它只是在听从于一种古老本能的召唤，去飞速逃离一个明确的敌人，而求救于一个中立者或是可能的朋友。在关键时刻，它来了个聪明的一跳，而且跳得相当成功。当米基带着他的最爱匆忙返回来时，坐席上爆发出一阵欢呼声。但是，狗儿的支持者们却抗议说："这不是一场公平的比赛，重赛！"他们向赛事负责人提出异议。赛事负责人本是看好长耳大野兔和方哥之间的较量的。这会儿他也正在难过呢，于是欣然安排重新进行一场比赛。

一小时的休息是米基能为小战马争取到的最好结果了。之后，小战马又再次上场了，身后追逐着方哥和敏基。现在它看上去不是那么僵硬了——跑起来又像小战马的模样了。可是，刚刚跑过看台，它就被方哥逼得闪了一下，接着敏基也得手了一次，它只好调头往回跑；左突右窜，狂乱地跳跃，勉强躲避着自己的敌人。就这样持续了好几分钟，米基看见小战马的耳朵正渐渐耷拉下去。那条新来的狗腾空而起，长耳大野兔几乎是躲闪着从它的身子下面逃脱的，而这一回头碰见的却是第二条狗。这时，小战马的两只耳朵全都耷拉到了背上。不过，赛犬也正经历着煎熬。它们的舌头无精打采地伸在外面，嘴巴和喷着粗气的两个鼻孔也泛起了白沫。小战马的耳朵又竖了起来。猎狗们的窘境似乎又让小战马的勇气得到了恢复。它径直朝避难所冲去，赛犬们紧跟其后，没到一百码，它又被迫闪了一次，开始了另一轮铤而走险的Z字形追逐较量。这时，狗儿的支持者们看到了狗儿的危险，结果两条新狗又被放了出来——这是两条蓄势待发的狗。无疑，它们可以赢得这场比赛了。但是，它们并没能做到。前两条狗败下阵来，但是

这两条狗正在逼近，小战马竭尽全力向前跑去。小战马已经把前两条狗远远地甩在了身后——就要接近避难所的时候，另两条狗追了上来。

现在，除了躲闪，没有别的办法可以救它了。它的耳朵又开始耷拉了，心脏"怦怦怦"地撞击着它的肋骨，然而它依然保持着顽强的精神。它沿着"Z"字形路线不顾一切地摆动着身体。两条赛犬相互撞在了一起。一次又一次，猎狗们总以为自己能拿下小战马。其中一条甚至咬到了小战马长长的黑尾巴尖，可它还是逃脱了。不过，它没能跑到避难所。它被迫跑近大看台。数以千计的观众正在观看。比赛限定的时间到了。后两条狗也追得痛苦不堪，这时米基跑了过来，像个疯子似的大喊大叫："你们这些无赖恶棍！你们这些无耻的家伙，胆小的杂种！"他狂怒不已地冲向那几条狗，想要收拾它们一下。

管理员们跑来呵斥他，而米基仍旧是恶狠狠地叫喊着，拒不服从。米基被拖出了场地，一路上用他所能想到或编出的每一个可怕、难听的词语辱骂着狗和狗的支持者们。

"公平比赛！你们这是什么公平比赛啊，你们这些骗人的家伙，你们这些杀人不眨眼的胆小鬼！"他们把米基赶出了竞技场。他看到的最后一眼，是四条口吐白沫的狗有气无力地跟随着一只虚弱、疲惫的长耳大野兔，骑在马上的裁判示意那个拿枪的人可以动手了。

大门在他的身后关上了，米基听到了"砰、砰"两声枪响，随后传来了一阵夹杂着狗叫的喧嚣声，他知道，长耳大野兔小战马已经惨遭第四种比赛结局了。

长到这么大，米基一直都很喜爱狗，但是这次他心中的正义感被激发了。他进不了赛场，在这里什么都看不到。他沿着跑道朝避难所跑去，那儿也许能看清里面的场景，他到得很及时，正好看见小战马耷拉着耳朵一瘸一拐地进了避难所。他立刻意识到开枪的人没有打中小战马，而是误伤了狗，因为大看台上的人群正注视着两个男人抬走一条受伤的灰狗，而一名外科兽医则在忙着抢救另一条倒在地上奄奄一息的灰狗。

米基四下里看了看，抓起一个小搬运箱子，放到避难所的一角，小心翼翼地把这个疲惫不堪的小东西赶了进去，合上盖子。然后，他把箱子往胳膊下一夹，趁着混乱无人注意之际，翻过栅栏走了。

一切都无所谓了，反正工作是丢了。米基大踏步地离开了这座城市。在最近的一个火车站，他上了火车，走了几个钟头之后，他又来到了兔子的家园。太阳已经落山，繁星点缀着的夜色笼罩着平原。此时，在农场、桑橙树和紫花苜蓿当中，米基·杜打开了箱子，轻轻地把小战马放了出来。

在这么做的时候，他咧嘴笑了，说道："没错，你获得了十三颗星星，你自由了！"

小战马充满狐疑地凝视了片刻，然后远远地跳了三四下，接着又来了个侦察跳，以确定自己的方位。现在，它又披挂上了它那家族特有的毛色，伸展开了它那带有荣耀标志的耳朵，朝它来之不易的自由王国跳去，依旧像以往那样有力。随即,它融入了故乡平原的茫茫夜色之中。

人们在卡斯卡多见过小战马许多次，这一地区又对兔子进行过多次驱赶,但是小战马现在似乎已经识破了某些蒙蔽它们兔子的手段,因为在几千只落入陷阱、被赶入围栏的兔子当中,人们从来就没有见过那只耳朵上闪耀着星孔的长耳大野兔——小战马。

斯奈普:一条斗牛犬的故事

一

我第一次看见他是在万圣节那天的黄昏。一大早,我接到了大学室友杰克的一封电报:“为铭记你我之间的友情,特送上一条非同寻常的小狗。对它礼貌点儿,这样比较安全些。”这很像杰克一贯的做派,送来一个伪装的炸弹或是一只极不安分的臭鼬,但却称之为小狗。于是,我就充满好奇地等待着那个让我牵挂的东西。当东西寄到的时候,我看到上面标示着“危险”字样,每次稍稍一碰,就会从里面传出一阵大声咆哮。我透过铁丝网朝里面端详了一眼,发现那并不是一只小老虎,而是一条白色的小斗牛犬。它冲我和任何看起来奇怪的人和东西狂吠着,那怒吼似的嚎叫没完没了,让人很是不悦。狗有两种吠声:一种低沉而自负,那是在礼貌地警告,也就是客气的反击;另一种是叫得欢且嗓门大,那是发起正式攻击前的最后通牒。斗牛犬的吼叫声都属于后一种。我是个喜欢狗的人,自认为对狗了如指掌,因此,打发走送货人以后,我就拿出了手头所有的家什——折叠刀、单刃猎刀、钉锤、小斧头、工具箱、电炉、铲子等等，都是我们公司的特有商品，然后开始拆解铁丝网。工具的每一下敲打，都会让这个暴怒的小家伙发出一阵竭尽全力的嚎叫，当我把箱子翻过来的时候，它突然径直朝我的腿部冲来。要不是铁丝网卡住了它的脚，让它一时动弹不得，我可能就已经被咬伤了。不过，我跳上了让它够不着的桌子，试图同它理论一番，我始终相信是可以和动物对话的。我坚持认为，即便它们不懂我们的语言，但至少可以猜到我们的某些意图。但是，这条狗显然是把我小看成了一个虚伪的家伙，对我的接近表示出轻蔑的态度。起先，它把守在桌子底下，一直转着圈，监视着我试图放下来的腿。我感觉我有把握用眼神控制住它，可是，我确定不了我的位置，或者确切地说，是确定不了它的具体位置。因此，我只好像个囚徒似的待在桌子上面。我是一个十分冷静的人，对此我一向自鸣得意。事实上，我正代理着一家五金公司，在冷静方面，可能除了那些卖服装的大鼻子绅士之外，我们是谁也比不了的。我掏出一支雪茄，盘腿坐在桌子上抽了起来，而那只狗则在下面继续监视着我的腿。我又拿出那封电报，看了一眼："非同寻常的小狗。对它礼貌点儿，这样比较安全些。"我想还是我的冷静而了作用，半个小时后，嚎叫声停止了。一个小时后，我把一张报纸推到桌脚去试探一下它的脾气，它也没再往上扑了。也许是被关在笼子里时产生的躁怒正在渐渐消退吧。这时，我已经点着了第三支雪茄，它则大摇大摆地走到火炉边趴了下来。然而，虽然它并没有不再注意我，可我还是没有什么理由去抱怨它那种藐视的态度。它用一只眼睛盯着我，我则用两只眼睛盯着它那短粗的尾巴。如果那条尾巴左右摇晃那么一次，我就觉得我赢了，可是它没有。我拿起一本书，直看到两条腿痉挛，炉火也不旺了，才把书撂到桌上。大约晚上十点钟，天气变冷了，十点半时，炉火全熄灭了。我的万圣节礼物爬了起来，它打了个哈欠，伸了伸懒腰，然后走到我的床下，在那儿它找到了一条毛毯。我蹑手蹑脚地从桌子上迈到了碗橱跟前，然后再走到壁炉架旁，随后我也来到了床上，悄无声息地脱掉衣服，钻进了被窝，一点儿也没有引起那只小狗的注意。还没等睡着，我就听见了一阵轻微的攀爬声，随即感觉到有什么东西在床上走动。一看，原来是那只狗，接着它便爬到了我的脚和腿上。斯奈普显然是发现床下太冷，爬上床来了，这里是这个房子里最为暖和的地方。

它蜷伏在我脚边，我感到很不舒服，只好试着调整姿势，但是哪怕脚趾最轻微的蠕动，也足以招来它格外凶狠的扑咬，所以，我只好用厚厚的羊毛被子来保护自己别被它咬残了。

我用了一个小时移动我的双脚——每次只移动一根头发丝般的宽度——直到感觉能够舒舒服服睡上一觉才算作罢。夜间，我被小狗愤怒的叫声吵醒了好几次——我估计是因为没得到它的批准，我就胆敢动弹脚趾的缘故吧，虽然有一次发怒是由我的鼾声引起的。

早晨，我准备赶在斯奈普之前起床。你看，我叫它斯奈普——全名叫金杰斯奈普。有些狗很难取名字，有些则根本不需要取——看一眼就知道叫什么了。

我是准备在七点钟起床的，可斯奈普到了八点钟还没有起床的意思，于是干脆我们就一起在八点钟起了床。我生起了火，它安静地站在一旁，没什么好说的，我穿上衣服，它不再像昨晚那样凶了，没有再对我咆哮。当我离开房间去弄早餐的时候，我对它说道："斯奈普，我的朋友，有人可能会用鞭子来改变你，但是我知道一种更好的方案。如今医生们赞成'禁食早餐疗法'，我要这么试试。"

虽然这看起来好像挺残忍，可我还是一整天都没给它东西吃，它把门抓得到处都是划痕，我只好用油漆又重新刷了一遍。不过，到了晚上，它已经老老实实地准备接受我手里的食物了。

一个星期后，我们成了很要好的朋友。现在，它睡在我的床上，睡觉的时候我动弹两脚，也不会来扑咬我了。"禁食早餐疗法"的效果很神奇，三个月之后，我们——哦，依然是人狗相安无事，这充分证明了我大学室友的那封电报言之有理。

它看上去无所畏惧。如果有条小小狗来到跟前，它丝毫也不会在意。如果是一条个头中等的狗靠近它，它就会直挺挺地竖起它那短粗的尾巴，然后围着对方走来走去，用它的后爪在地上轻蔑地抓挠着；时而看看天空，时而看看远处，时而看看地面或是别的什么东西，就是不看对方，只是通过不断的高声嚎叫来表明自己的在场。如果那只狗没有立即动身,战斗便打响了,结果就是,那只狗通常会随即迅速离去。有时候斯奈普也会遭殃,但是再悲惨的经历也不能促使它变得谨慎一点。一次,在狗儿展览会上,它趴在马车里看见一条巨大的圣伯纳德犬正在外面遛弯。这条狗的庞大个头在斯奈普小小的胸膛里激起了一阵狂热,以至于它从车窗一跃而下准备投入战斗,结果把腿给摔断了。

显然,它的概念里压根就没有害怕这种东西,其中充满的只是过量的生猛活力,这正是它全名叫金杰斯奈普的原因所在。它跟我以前了解的所有的狗都不一样。比如,要是一个男孩子朝它扔了块石头,它会跑,但不是跑开,而是跑向那个男孩。如果小男孩继续挑衅,它就会和小男孩打起来,它才没有什么顾虑呢。这样一来,它至少赢得了大家的尊敬。只有我和办事处的那个门卫俨然认识到了它的种种优点,也只有我们俩成了斯奈普的朋友,并把这种友谊当成一种无上的荣誉;而随着数月时间的推移,我也越发珍视这种荣耀了。夏季已经过去一半,这个时代所有富翁的资产加在一起,也买不走我的小狗斯奈普的四分之一呀。

二

尽管我并不是个定期要出门的人, 可这个秋天我还是奉命外出了, 于是斯奈普就留下来和女房东待在了一起, 可情况却很不妙。斯奈普不喜欢女房东,女房东也不喜欢它,而且还担惊受怕。

我正在北方各州大量销售带倒钩的铁丝网。与女房东每隔一周通一次信，我收到了女房东好几封抱怨斯奈普的信。

抵达北达科他州的门多萨后，我发现了一个不错的铁丝市场。当然，我主要是和那些大老板做生意，但也会走访那些大牧场主，以获得他们对不同类型产品在实际应用中的看法。就这样，我遇到了潘儒夫兄弟。

今天，如果一个人没听说过狡猾而极具破坏性的灰狼的大量掠夺事件，那只能说明它在牧牛区没有待多长时间。灰狼可以被大批毒死的日子已经成为过去，但它们对于牧场主的利益依然是一种严重的威胁。潘儒夫兄弟像大多数活跃的牛仔那样，已经放弃了所有投毒、设置陷阱等方式，正尝试用各种不同品种的狗组成猎狼队，在除害的同时还能享受到一点儿狩猎的乐趣。

猎狐犬不战先败——它们打起仗来太过软弱。庞大的丹麦犬过于笨拙，灰狗则看不见猎物，没法追踪。虽然每一种狗都有些致命的缺点，但牛仔们还是希望能够成功组建一支混合型队伍。那天，我应邀参加一场在门多萨进行的猎狼活动，我被那跟随在后的各色猎狗逗得直想笑。猎队里有好几条杂交狗，也有少数几条血统高贵的狗——俄国猎狼犬，想必是花了大价钱的。

希尔顿·潘儒夫，他家兄弟中的老大，“猎狗行家”，对这些俄国猎狼犬无比自豪，期待着它们能成就大事。

“灰狗和狼搏斗时身子骨太显单薄，丹麦狗动作太慢，可一等俄国狗出手,你们就会看到狼毛在飞舞了。”

这样,灰狗就成了追逐者,丹麦狗则充当起迟缓的后援,俄国狗负责重要的搏斗。还有两三条猎狐犬,如果猎物脱离了视线,可以凭借它们那灵敏的鼻子继续跟上猎物。

十月的一天,我们骑行在那片荒山孤峰上,视野很好。空气透亮清新,尽管都已经这么晚了,但既没有下雪,也没有上霜。马儿们个个充满生气,有那么一两次还给我表演了一下,作为一匹牧牛马是如何试图甩脱骑手的。

狗儿们都渴望着狩猎的开始,而且我们也确实惊动了平原上的那一两个灰点,希尔顿说那是灰狼或者郊狼。猎狗们竭力号叫着朝灰点追了过去,但是到了夜里,除了其中一条灰狗的肩头有一处伤外,没有任何迹象能够表明它们当中的谁曾同狼交过手。

“依俺看,你偏爱的俄国狗可都不咋的,希尔顿,”弟弟加尔文说,“俺敢打赌那条黑色的小丹麦狗能胜过那一大批俄国狗,别看它是条杂交狗。”

“我不懂,”希尔顿大叫道,“甭说灰狼啦,就是郊狼也不能在灰狗们的眼皮底下溜走;猎狐狗还能追着郊狼三天不放,而丹麦狗打败一头灰熊都不成问题。”

“俺估计呀,”父亲发话了,“它们是能跑,也能追踪足迹,或许还能打败一头灰熊,可是呢,事实是它们不想对付一头灰狼啊。这一帮该死的家伙全都吓坏了——真希望俺们可以把花在它们身上的钱都拿回来。”

这些人就这么抱怨和争论着,而我驱马离开了。

这次失败看起来只有一种解释。猎狗们是敏捷和强壮的，但是一头灰狼似乎能让所有的狗都感到恐惧。猎狗们没有面对灰狼的胆量，所以，每次都让它逃掉了，我顿时想起了家中的小狗斯奈普。我多么希望它来到这里啊，这样的话，这帮傻大个猎犬就会找到一个在紧急关头从不会失败的领袖了。

在我的下一站巴若卡，我收到了一批邮件，其中有两封是女房东写来的。第一封信中说“这条野狗在我房间里的所作所为令人愤慨至极”，第二封信的火药味就更浓了，要求它立即离开。“为何不把它快递到门多萨呢？”我想，“只需要二十个小时，这里的猎犬们将会很高兴有它为伴的。等我干完事后，可以带上它一起回家。”

三

我和金杰斯奈普这次会面的情形，有些让我出乎意料。它朝我扑过来，精神格外抖擞地装出要咬我的样子，一边还不停地号叫着，不过那是一种发自胸腔深处的叫声，而且，它那根树桩似的尾巴摇得也很起劲。

自从那次我和潘儒夫一家一起打猎以来，他们已进行了好多次猎狼行动，但每次都是空手而归。猎狗每次出去差不多都能发现狼，但总是无法干掉它，农场主们为此愁得焦头烂额。

大潘儒夫已经深信“在这一帮可怜的家伙里面，没有一个有斯奈普那样的勇气。”

第二天拂晓时分，我们又出发了——队列是同样精良的马匹和卓越的骑手，如往常一样，队列中随行的有大蓝狗、黄狗、斑点狗，还多出了一张新面孔——一条紧跟着我的小白狗，别说是其他什么狗啦，就连马靠我太近，都会遭它龇牙一袭。我想，除了门多萨旅馆老板的那条斗牛犬外，它应该同这个地方的每个人、每条狗和每匹马都干过架了。那条斗牛犬是唯一比它个头小的家伙，它们俨然已经成了很好的朋友。

我永远不会忘记那天打猎的场景。我们登上了其中一座高大平顶的孤峰，眼前的世界一览无余。希尔顿一直在用望远镜仔细查看着这片辽阔的地域，突然他惊叫道："俺看见它了，它在那里走着哩，朝骷髅溪方向去了。估计是一头郊狼。"

眼下，首要的事情就是让灰狗们看到猎物——这可不是一件容易的事情，因为它们用不了望远镜，而且地面上还覆盖着高过灰狗脑袋的蒿草。

但是，希尔顿却吆喝着"嗨、嗨，丹德尔"，并从马鞍上倾斜着身子，同时还伸出了一只脚。丹德尔一个敏捷的动作，跳上马鞍，稳稳地站在马背上，希尔顿则一直指着远处的目标。"它就在那儿，丹德尔！找它去！"那狗认真地眺望了一眼主人所指的方向，似乎是看到了，它小声叫了一下，跳到地上，迅速奔向远处。其他的狗也纷纷跟上去，形成了一条不断拉长的队列，我们也倾尽全力骑马跟在它们后面。然而，还是耽搁了不少时间，因为地面上到处是水流冲刷出的溪谷和散布的獾洞，还有遍地的岩石和蒿草，使得全速行进实在是太危险了。

我们都落在了后面，我是最后一个，当然，这是因为我一点儿也不习惯马鞍的缘故。猎狗们飞奔在一马平川的平原上，或是时隐时现于溪谷之中。丹德尔——那条灰狗——是公认的领袖，当我们登上另一座山脊时，我们看见了整个追逐的场面——一头郊狼正全速逃窜，猎狗们跟在它身后四分之一英里的地方，但却在不断地逼近。等我们再次看到它们的时候，那头郊狼已经断了气，而猎狗们则坐在四周气喘吁吁，但却不见了猎狐犬和金杰斯奈普。

"要看热闹已经太迟了。"希尔顿扫了一眼这些最后赶到的猎狐犬，说道。随后，他骄傲地爱抚着丹德尔："你瞧，终究还是不需要你的小狗呀。"

"十条大猎狗对付一头小郊狼，胆子是够壮的啊。"老潘儒夫不无讥讽地评论道，"等咱们追到一头灰狼时再瞧瞧吧。"

第二天我们又出发了，我下定决心要看出个究竟来。

从一处制高点上，我们发现了一个移动的灰色斑点。一个移动的白色斑点表示是羚羊，红色斑点表示是狐狸，而灰色的斑点则不是灰狼就是郊狼，这要取决于那条尾巴。如果从望远镜里看到尾巴是下垂的，那就是郊狼；如果尾巴向上，那便是可憎的灰狼。

和上次一样，丹德尔看到猎物之后，便率领起了这支杂牌军——灰狗、猎狼犬、猎狐犬、丹麦犬、斗牛犬和骑在马上的人。我们看了一眼追逐的情景，的确是头灰狼，它正轻快地在猎狗前面跳跃着跑去。不知怎么回事，我认为追在前面的狗此时跑得没有它们追赶郊狼时那么快了。然而，没有人认识到猎捕到此就结束了。狗儿们一只接一只地回到了我们身边，我们却再也看不到那头灰狼的影子了。

这时，讽刺挖苦和相互指责的话语开始在猎手们之间毫无顾忌地泛滥开来。

“呸——吓破了胆，完全吓破了胆，”这是老潘儒夫对这支队伍充满厌恶的评价，“它们本来可以轻而易举地追上的，可等狼一回头，猎狗们就一溜烟地往家里跑了——呸！”

“那条所向披靡、无所畏惧、啥都不怕的斗牛犬在什么地方呢？”希尔顿带着嘲讽的口吻问道。

“我不知道，”我说，“照我看，它压根就没有看见那头狼。不过，要是它看见了，我打赌它会快速冲过去，要么战死，要么凯旋。”

那天夜里，牧场附近有好几头牛被咬死了，这促使我们开始了又一次捕猎行动。

一开始我们还是一无所获，下午晚些时候，我们看到了一个尾巴向上的灰色家伙，距离我们不足半英里远。希尔顿招呼丹德尔跳上马鞍。我也招呼斯奈普到我的马鞍上来。它的腿实在太短，不得不跳了好几次，最后才借助我的一只脚爬了上来。我指着前方说“跟去”，它花了一分钟的功夫才看到猎物，随即便去追捕正在前面奔跑的灰狼。

这次追逐没有把我们引向深一脚浅一脚的蒿草丛里，而是把我们领向了高高的开阔地域，至于个中原因，后来才得以知道。随着登上那片高地，我们聚集在了一起，望见半英里之外的那场追击，正好赶上丹德尔追上那头灰狼，扑咬向它屁股的这一时刻。灰狼开始回身反击，猎狗们三三两两地追了上去，围成一圈朝它狂吠，直到最后面的小白狗也冲了上去。它没有浪费时间去狂吠一番，而是径直冲向了灰狼的喉咙；没有咬到，但是好像咬到了它的鼻子。接着，那十条大狗围攻上去，两分钟就结束了灰狼的性命。我们好不容易在搏斗结束时骑马赶到了，尽管离得很远，但我们至少是看见了斯奈普的所为没有愧对电报上的所言，也没有愧对我对于它的期许。

现在该轮到我得意了，我可不能丢掉这个机会。斯奈普已经向它们展示了，门多萨这帮猎狗在没有人帮助的情况下，最终是如何干掉一头灰狼的。

不过，有两件事情让这次胜利在某种程度上显得不那么完美：第一，这是一头小狼，还仅仅是只幼崽，因而会愚蠢地选择了这种地域停留作战；第二，斯奈普受伤了——灰狼在它的肩膀上狠狠来了一口。

当我们骄傲地列队回家时，我看见斯奈普跑起来有点儿一瘸一拐的。“过来，”我喊道，“上这儿来，斯奈普。”它试了一两次想跳上马鞍，可是办不到，“过来，希尔顿，把它抱给我。”

“不敢当，还是你自己来和你的危险小宝贝打交道

吧。”他这么回答道，因为现在所有的人都知道，这个时候谁要是碰斯奈普是很危险的。“这儿，斯奈普，咬住它。”我一边说，一边把马鞭伸向了它。它咬住了马鞭，我把它拽到了马鞍前，就这样带它回了家。我照顾着它，仿佛它一直以来就是个婴儿似的。它已经向那些牛仔们证明了如何补足其猎狗队伍的薄弱之处；猎狐犬也许不赖，灰狗很敏捷，俄国犬和丹麦犬则擅战，但要是缺乏勇气这种至高无上的品格，那么一切便全无用处。就在那天，牛仔们终于学会了如何对付灰狼的问题，只要你一到门多萨，你就会发现这一点，因为那里每一支成功的捕狼队伍中都要有一条斗牛犬，而最好的就是门多萨血统的那种。

四

第二天是万圣节，斯奈普来到我身边已经整整一年了。天清气爽，阳光明媚，也不太冷，地上没有积雪。人们通常会通过狩猎某些动物来庆祝这一天，如今，狼当然是唯一的目标了。令所有人都感到沮丧的是，斯奈普的伤势很糟糕。它还像往常一样睡在我的脚边，伤口流的血把那个地方都弄污了。它的状况不适于参加战斗，但是我们又一定要进行一次猎狼行动，于是它被骗到屋外锁了起来。当我们出发的时候，至少我有一种大难临头的感觉。我只知道没有了我的狗，我们应该会失败，但我没有意识到那失败会有多么惨重。

我们已不紧不慢地走到了骷髅溪的孤峰之间，这时，一

个白色的球球出现了，蹦蹦跳跳地穿过蒿草丛，过了一分多钟，斯奈普来到了我的马儿旁边，又是咆哮，又是摇摆着尾巴。我没法送它回去，它也不愿意回去。它的伤势看起来那么严重，我只好放下马鞭，让它跳上了我的马鞍。

"就在这儿吧，"我心想，"我要保证你的安全，让你毫发无损地回家。"是的，我是这么想的，但是我估计斯奈普不会听我的话。希尔顿四处张望，发现了一头狼。丹德尔和它的对手瑞雷双双朝那头狼扑去，结果撞倒在一起，懒懒地躺在了蒿草丛里。然而斯奈普却用力地凝视着前方，发现了不远处的那头狼，并且在我弄明白情况之前，便从马鞍上一跃而下。它左突右进地蹦跳着，忽高忽低，时隐时现于蒿草丛中，径直奔向了敌人。它带领着整队人马前进了几分钟，猎狗们离狼不是很远。大灰狗也发现了移动着的斑点，与往常一样冲在了队伍的最前面。这肯定是一场激烈的追逐，因为狼刚跑了不出半英里，而且所有的狗儿都斗志昂扬。

"它们拐向灰熊溪谷了，"加尔文喊道，"走这边，我们可以赶到它们前面去。"

于是我们调转马头，艰难地绕着哈尔莫孤峰的北侧骑去，而追逐的狗群俨然是绕到了南侧。

我们马不停蹄地来到了雪松山脊的顶端，正要往下走，就听见希尔顿大喊道："千真万确，它就在这里！我们快去追它。"他跃下马背，扔掉缰绳，向前跑去。我也照做了。一头巨大的灰狼正缓慢地穿过一片开阔的平原朝我们走来。

它的脑袋低垂着,尾巴平伸,身后五十码的地方就是丹德尔,丹德尔正像鹰一样轻快地掠过地面,速度比狼要快上一倍。一分钟后,这条猎狗追到了跟前,扑咬过去,但当狼回头转向它的时候,它又跳了回来。它们就在我们的下面,不到五十英尺远。加尔文拔出了他的左轮手枪,就在这千钧一发之际,希尔顿阻止道:“别、别,咱们看下去。”几秒钟之后,第二只灰狗赶到了,随即其他的狗也陆续迅捷到达。每一条追上来的狗都是充满斗志,义愤填膺,决心立即冲上去将那头灰狼撕成碎片。但是,突然却个个又转向了一边,跳开去,跑到一个安全的距离围着灰狼开始狂吠。又过了一分钟左右,俄国犬出现了——它们都是精良的大块头。它们无疑是想朝着那头老狼直冲而去的。但是,那头老狼那无畏的架势、强健的体格和要命的嘴巴,在俄国犬距离它还有老远的地方时就把它们给吓住了,它们只好退到了一边,围成了圈子,而被围在中间的老狼则左右兼顾,准备随时攻击,寻找出口。

这时,四肢壮硕的丹麦犬赶到了,它们当中的任何一条都和这头狼的体重不相上下。当它们冲上前去的时候,我听见它们那沉重的喘息,有股誓死一战的决心,渴望着把那头狼撕成碎片。但是,站在那里的老狼的神情是那么无畏,有力的大嘴,不知疲倦的四肢,视死如归却又认定不同归于尽绝不罢休的样子——哎呀,那些巨大的丹麦犬——总共三条——全都跟其他的狗一样,被一阵突如其来的胆怯给镇住了。是啊,它们是要很快就冲上去的——但可不

是现在，而是得等到它们先喘过气来。它们非常清楚，第一条冲上去的狗会受伤，不过它们从来就不介意这个——眼下也一样，但是没有谁胆敢第一个冲上去。它们得再叫上一小会儿，多积累一点杀敌的豪情。

正当那十条大狗围着那头一声不吭的狼低吠时，远处的蒿草丛里响起一阵沙沙声。随即，看似是一个雪白的橡皮球弹跳了过来，原来是一条小斗牛犬。斯奈普——队伍中最慢的一个，最后一个上气不接下气地赶了过来，它看上去呼吸显得那么困难。斯奈普越过平坦的开阔地，往前走了几步，眼前就是那头凶恶的狼了，那头狼把其他所有的猎狗都吓得心里打退堂鼓。斯奈普犹豫了吗？刹那间的犹豫也没有，它穿过叫嚣着的狗群的包围圈，直接奔向被困在当中的那个老狼，正对着它的喉咙咬去，而灰狼则用自己那二十个弯钩似的脚爪把斯奈普踢开了。可是，斯奈普又一次跳上前去，接下来发生的事情我几乎就不清楚了。一大群狗扑成一团你撕我咬。我看到斯奈普咬着灰狼的鼻子就是不松口。周围都是猎狗，我们现在也帮不了它们。不过，它们也不需要我们，它们有一位英勇无畏的领袖。不一会儿工夫，最后一幕便结束了，那头灰狼——它族类中的一个庞然大物倒在了地上，咬着它鼻子依然不放的就是斯奈普。

我们围在不出十五英尺的地方站着，能够帮上忙时，却发现自己毫无用处了。

灰狼死了，我高声叫喊着斯奈普，但它却一动不动。我朝它俯下身去。“斯奈普——斯奈普，一切都结束了，你杀死了那头狼。”可这条狗还是一动不动，这时，我才看见它的身上有两处深深的伤口。我试图把它抱起来：“松口吧，老伙计，一切都结束了。”它有气无力地吼叫着，最后松开了那头狼。平时粗鲁的牛仔们此刻都跪在了它的身旁，老潘儒夫声音颤抖地喃喃道：“俺宁愿没了二十头小公牛，也不愿它受到伤害。”我把它抱在怀里，呼唤着它的名字，抚摩着它的头。它叫了几声，不过这注定是一场告别，因为它像从前那样舔了舔我的手，然后就再也没有动静了。

对我来说，这是一次悲伤的归途。除了那张巨狼的皮之外，再没有任何胜利的迹象了。我们把这条无畏的小斗牛犬埋在了牧屋后面的一座孤峰上。站在一旁的潘儒夫咕哝着说：“老天作证，这就是勇气啊——十足的勇气！没有勇气，在牧场上行走也是不行的。”

温尼派格狼

一

我第一次见到温尼派格狼，是在1882年那场特大暴风雪期间。那是在三月中旬，我离开圣保罗，穿过大草原前往温尼派格，本来指望二十四小时后到达那里，但是那场强劲的暴风雪改变了我们的行程。暴雪狂啸而至，下个不停。以前我从来没有见识过如此之大的暴风雪。整个世界都迷失在了大雪之中——飞旋、扎人、刺骨、飘舞着的雪——那喷着气的巨大火车头在这洁白无瑕、轻如羽毛的细小晶体的掌控之下，被逼无奈地抛了锚。

许多身强力壮的人手持铁锹来帮忙清扫积雪，而那挡路的雪堆由飓风吹旋而成，形状很优美。一小时后，火车便可以通行了——可是走着走着，又卡在了另一座雪堆前。这真累人——一天又一天，一夜又一夜，火车走走停停，一次次卡在了雪堆里，我们只好又亲自将火车挖出来，而雪花依然在我们周围飞旋、嬉戏个不停。

“二十二小时后到达埃莫森。”乘务员这么说。然而，当吉姆差不多找着安全之所时，才发现自己竟然冲进了狼窝，于是他那皮毛灰乎乎的密友——猎狗被冒冒失失地弄醒了，它转向入口处，露出两排獠牙，好像在直截了当地冲着身边围着一头小狼的狼爸爸说道："你敢碰他一下试试。"

要是当时霍根能一枪毙了那头小狼的话，他一定就已经这么干了，但那样有可能击怒老狼，于是也就作罢。半小时后，他又觉得这整桩事情挺好笑。自那以后，小吉姆一遇到什么危险，便会往狼窝里跑。

霍根雇人帮忙的第一准则就是省钱，因而他的"酒保"是一个中国人。那是个胆小、不会害人的家伙，所以，保罗·德·罗切斯便毫无顾忌地欺负他。一天，发现霍根出去了，那个中国人酒保一个人在打理生意，已经喝得醉醺醺的保罗便要求赊一杯酒，而童林(酒保的名字)照章办事，拒绝了他。他毫不婉转地解释说："老是不付钱，这可不好啊。"这样的话非但没有解决麻烦，还使得保罗摇摇晃晃地走到柜台后面，要对酒保进行报复。要不是吉姆站在一旁，手里还拿着一根长长的棍子，这个中国人可能就要狠狠挨揍了。吉姆敏捷地用长棍绊倒了保罗，让他摔了个四仰八叉。他跌跌撞撞地爬起来，发誓要吉姆的命。可是，这个孩子就在后门跟前，很快便找到了狼窝那个避难所。

看见这男孩有个保护者，保罗便拿起那根长棍，隔着安全的距离，开始痛打起那头狼来，那只拴在铁链子上的灰狼被激怒了。可是，尽管它咬住了棍子，躲过了很多次凶残

的殴打，也还是没少遭殃。这时，保罗终于意识到被激怒的这个庞大动物的十分凶猛，他吓得不寒而栗。

他听见吉姆在哄劝着说：“先忍一会儿，狼狼！稍稍退后一点儿，你就可以抓住他了。对，听话，真是头好狼狼。”可是，保罗已仓皇逃窜，还关上了身后所有的门，生怕灰狼追上来。

如此一来，吉姆和这头灰狼之间的友谊变得更加牢固了。随着灰狼那令人叹赏的体能的日益强大，它对浑身威士忌酒味的人和所有狗儿们不共戴天的仇恨表现得越来越明显，这些都令它感到痛苦难耐。它的这种特性，加上它对孩子的那种热爱——在某种程度上，俨然包括了所有的孩子——在随着它的成长而增加着。

二

那个时候——也就是1881年的秋天——廓阿佩尔的农场主怨声载道，称他们那一地区的狼越来越多，在家畜中大肆进行着劫掠。投毒和设置陷阱已多次失败，这时，一位引人注目的德国游客出现在了温尼派格俱乐部，宣称他带来的几条狗可以轻而易举地除掉该地区的狼，大家伙对他的话非常感兴趣。因为牛仔们喜爱打猎这项活动，所以很快决定建立一支猎犬队来协助他们打猎。

那个德国人很快从他的狗里挑选出了两个样品，两条长得极其漂亮的丹麦犬，一条白色，另一条蓝色带有黑点。这两条狗的体重都差不多有两百磅，它们身上的肌肉像老

虎一样发达。当德国人声称仅凭这两条狗去对付一头最大的狼已绰绰有余时,大家伙都欣然相信了他。于是,他开始描述丹麦犬猎捕的方法:“你们所要做的就是把狼的脚印指给它们看,即便那脚印已经有一天之久了也没关系,你们只要跟着它们就行了。它们很快就能找到那头狼,不管那狼如何迂回躲避。它们随即就会逼近它,当它转身要逃跑时,蓝狗就会咬住它的屁股,像这样把它扔出去……”说着,德国人猛地一下朝空中扔出去一片面包,“接着,在它落地之前,白狗就会咬住它的脑袋,另一条则会咬住它的尾巴,然后把它像这样一撕两半。”

这话听起来很不错,每个人都渴望着见证这个场面。有几个居民说,在阿斯尼博附近可能会找到一头灰狼,于是一支狩猎队就组织了起来。但是,他们徒劳地搜寻了三天,正打算放弃的时候,有人提议说,霍根酒店里拴着一头狼,他们可以出价把它弄到手。虽然那头狼只有一岁多一点儿,但也还是可以用来表现一下那两条狗的技艺。

当霍根知道了这件事情的重要性后,他立马抬高了小狼的身价。原本,他也有些不忍心这么做。然而,当价位出到令他满意的时候,他所有的顾虑便都烟消云散了。他首先考虑的就是让小吉姆离开,于是就派他到他奶奶家去办件事情。然后,小狼便被赶进箱子里钉了起来。箱子被搬上一辆货车,沿着波台基小路送到了这片空旷的草原。

一闻到狼的气味,那两条狗简直要脱缰而去——它们是那么迫不及待地争着要去战斗啊。但是,好几个强壮的

男人死死拉住它们脖子上的皮带，货车被迫开到半英里远的地方停下，人们颇费了些周折才把狼弄出来。一开始，那头狼看上去恐惧又郁闷。它试图躲起来不让人看见，不过可没有咬人的企图。然而，当发现自己可以自由行动，还有人们朝它发出嘘叫声时，它便开始动身朝南小跑着溜去，那里的地势看上去凹凸不平。就在这时，那两条狗也被放开了，它们凶狠地狂吠着，连蹦带跳地向小狼追去。人们大声喝彩着，骑马跟在后面。一开始，那头小狼似乎没有逃脱的机会，因为狗比它迅捷多了，那条白狗快得就像灰狗一样。在它飞驰到草原上，眼看着越来越逼近那头狼时，德国人真是心花怒放啊。好多人都愿意为狗打赌，但并没有人下注。现在，小狼加快了速度，但是白狗紧随其后，还剩不到一英里的距离，且越来越近了。

德国人大声喊道："现在注意看，那只狼就要被抓住了。"

刹那间，三个奔跑者汇合到了一起，狼和狗厮杀起来。不一会儿，那条白狗翻滚在地，肩头出现了一道深得可怕的伤口——就算没被咬死，也不能再战了。十秒钟后，蓝色黑点狗张着大嘴走上前去。这次交锋跟头一次一样快，也几乎跟头一次一样不可思议。它们不过就是彼此稍稍碰了一下而已。灰狼跳到一边，它的脑袋飞快地闪了一下，那一瞬间让人无法看清。蓝狗身上的黑点翻卷了起来，浑身鲜血流淌。在人们的催促之下，它再度发起了进攻，但又受了一道伤，这道伤口让它不敢继续攻击了。

现在，狗主人又牵来了四条体格更大的狗。人们松开这些狗，并带上棍棒和套索走上前去，要帮助猎狗们干掉这头狼。这时，一个小男孩骑着一匹小马从草原上猛冲过来。他跳到地上，挤进人群，张开手臂一下子搂住狼的脖子。他喊着"狼狼宝贝""亲爱的狼狼"，狼舔着他的脸，摇摆着尾巴，随后，那孩子转向人群，一边流淌着哗哗的泪水，一边咒骂了起来——哦，他的那些话就不必写在这里了。他虽然只有九岁，可是已经很老到了，也是一个挺粗鲁的小男孩。他在一个下层小酒店里长大，那个地方的污言秽语让他学起来很容易。他咒骂着他们每一个人以及他们的祖宗八代，甚至也没有放过自己的父亲。

如果是一个大人用这么难听的言语骂人，想必就要遭到私刑的处罚了，但是出自一个孩子之口，这些猎人就不知道该如何是好了。到了最后，他们终于有了最好的解围之道。他们哈哈大笑起来——不是笑他们自己，这可不是个好方式——他们笑的是那个德国人，因为他那些神奇的狗儿们被一只半大的小狼给打败了。

吉姆这时把他那脏兮兮、沾满眼泪的小手伸进自己那装有好多家什的口袋里，从石弹子、口香糖、烟草、火柴、手枪子弹和其他一些杂七杂八的东西里头，摸出一小段细细的杂货店用的那种麻绳，拴在了狼的脖子上。然后，他依旧还有点儿抽抽搭搭地骑着马，领着那头狼动身回家去了，同时还对那位德国贵族掷去最后一句恐吓和咒骂："只需两分钱，俺就可以要它来治你，找你这个混蛋的麻烦。"

三

那年刚一入冬，吉姆就发烧病倒了。那头狼见不到他的小朋友，就在院子里可怜地嚎叫。最后，在男孩的要求下，它被允许带进了病房。于是，这头狼就那样一直忠实地守候在它朋友的床边。

起初，吉姆的感冒好像并不重，因此，当病症突然恶化时，每个人都很震惊。圣诞节前三天，吉姆死了。所有为他哀痛的人当中，没有谁比他的亲爱的狼朋友更哀痛的了。当它在圣诞节之夜跟随着遗体去往圣鲍尼菲斯墓地时，这头巨大的狼用凄惨的哀鸣应和着教堂敲响的丧钟。不久，它又回到了酒店后面的那个地方，但是，当主人企图用铁链子再把它拴起来时，它却跳过木板栅栏，最后消失得无影无踪了。

当年的冬末，老雷诺德——一个设置陷阱捕兽的人，带着他那漂亮的混血女儿妮奈特来到河边的一座小木屋里住了下来。他对吉姆·霍根一无所知，所以，对在圣鲍尼菲斯和嘎力堡之间的沿河两岸所发现的狼的足迹有一点儿困惑。他饶有兴趣又半信半疑地听着哈德森湾公司的人跟他讲那头大灰狼的故事，那头大灰狼来到这个地区住了下来，甚至还会在夜里到镇上来，尤其喜欢去圣鲍尼菲斯教堂附近的那片森林。

这年的圣诞节之夜，当教堂的钟声再次敲响之时，就像它曾为吉姆的葬礼敲响的那样，一阵孤独而又悲伤的嚎叫从森林里传了出来，这使得雷诺德差不多相信他所听到的故事是真的。他熟悉狼的种种叫声——求助的嚎叫、求爱的情歌、孤独的哀鸣、挑战的尖叫等等。而刚才他听到的是孤独的哀鸣。

于是，雷诺德和许多镇上的人也都明白了，他们街道上住着一头巨大的灰狼。“那头狼是过去拴在霍根酒馆里那头狼的三倍大。”它让狗儿们闻风丧胆，并利用一切可能的机会干掉那些狗，还有人说，它吞食过不止一个在外面游荡的野狗，但是这从来没有得证实。

这就是那年冬季里的一天，我在树林中看到过的那头温尼派格狼。我一度很想上前去帮帮它，以为形势对它不利，然而后来的实际情况改变了我的这种想法。我不知道那场战斗是如何结束的，但我的确知道以后它又出现过好多次，而那群狗，有一些却再也没有出现过了。

因此，它是一只独特的狼。它离开了所有的森林和旷野，偏偏要选择去过一种天天在城里冒险的日子——每周至少要有几次突围逃生的险情，而每天都要有豁出命去的举动；并且，还得不时地在十字路口寻找暂时的藏身之地。它憎恨人，蔑视狗，每天都进行着战斗，一旦发现少数或是单独一条狗时，要么是让这帮废物无法靠近它，要么就是要了它们的小命。它不断袭击醉汉，但躲开身上带枪的人。它还能识破陷阱，也能识破毒药。它究竟怎么做到的，我们也说不清，反正只知道它做到了，因为它一次又一次地绕过了这些机关，仅仅是用轻蔑的眼神扫了一眼它们。

没有哪条温尼派格的街道是它不熟悉的，没有哪个温

尼派格的警察不曾在灰蒙蒙的黎明看见过它那敏捷而朦胧的身影，它来去都随心所欲，没有哪条温尼派格的狗在嗅到风吹过来的那只老狼的气息时，不会战战兢兢，颈毛直立。它唯一的道路就是战斗之路，全世界都是他的敌人。但自始至终，在这段骇人听闻和半神话般的记录当中，有一个独特的地方被反复说起，那就是从未听说这头狼伤害过一个孩子。

四

妮奈特是个出生在沙漠里的美人，长得很像她的印第安母亲，不过灰色的眼睛又像她的诺曼底父亲。她是个可爱的十六岁女孩，是她那个年龄段最美的一个。她本可以嫁给当地任何一个最富有、最可靠的年轻人，但是当然啦，由于女人家的任性所致，她却对那个从来不务正业的保罗·德·罗切斯心有所属了。保罗是一个相貌英俊的小伙子，舞跳得很好，又是个不错的小提琴手，所有的欢庆场合都少不了他。可惜，他却是好吃懒做的酒鬼，甚至有私下传言说他已经在加拿大南部有了个老婆。当他跑来提出求婚时，妮奈特的父亲雷诺德婉言把他打发走了，然而打发是没有用的。一向事事听话的妮奈特却不愿意放弃自己的所爱。就在她的父亲命令保罗离开之后的当天，她便偷偷在河对岸的森林里跟他见面。她这样做并不难，因为她是个虔诚的天主教徒，可以借口去河对岸的教堂，然后绕到森林里。当她穿过到处都是积雪的森林去约会地点的时候，注意到有一条大灰狗在后面跟着。那狗看上去十分友好，而这孩子(因为妮奈特依然还是个孩子)也没有感到害怕，但当她来到保罗等着的那个地方时，大灰狗却突然蹿到了前面，胸膛里还传出一阵咆哮。保罗看了一眼，认出那是一头大狼，并不是一条狗，他随即便像个懦夫那样逃掉了。此后他辩解说自己是跑去拿枪的。那他一定是忘了把枪搁在哪儿了，因为他竟然爬到最近的一棵树上去了。与此同时，妮奈特也从冰面上朝家的方向跑去，告诉保罗的朋友们他遇到了危险。保罗在树上没能找到任何武器，这位情郎就将自己的刀子绑在了一根树枝上，做成了一支矛，成功地在那头狼的脑袋上留下了一道很疼的伤口。这头野兽可怕地号叫着，但是没有继续围攻，它已经想好策略，要一直等到那个家伙从树上下来。不过，一帮救援者的到来让它改变了主意，于是它只好走开了。

小提琴手保罗发现，向妮奈特解释起来比向其他任何一个人解释都容易。保罗在妮奈特心中一直占据重要位置，但保罗同她父亲的关系则糟糕得看不到什么希望，于是俩人决定一等他从亚历山大堡返回后就私奔。保罗这次去那个地方是为公司办事，负责赶狗爬犁。公司代理商对他的狗爬犁很是自豪，这是三条长着鬈曲、浓密尾巴的爱斯基摩狗，像牛犊子一样又大又壮实，但也像海盗似的凶狠且无法无天。小提琴手保罗就是要赶着这几条狗从嘎力堡到亚历山大堡去，运送好几个重要的包裹。他是个赶狗爬犁的行家，这通常就意味着冷酷无情。早晨，喝了好几杯威士忌之后，他便高高兴兴地沿着那条河出发了。他指望着一周后，回来便能在口袋里揣上二十美元，这样也就有了费用好去实现私奔的计划了。他们一行开始在结冰的河面上进发。大狗们迅捷地拉动着爬犁，可却有点不高兴，因为保罗一边将长鞭抽得噼啪直响，一边还大声吆喝着："得儿——驾，得儿——驾，驾。"它们飞快驶过河岸上雷诺德的小屋，保罗噼啪甩动着鞭子，跑在狗爬犁的后面，看到妮奈特站在门口，保罗还向她招了招手。很快，爬犁连同那几条闷闷不乐的狗和醉醺醺的驾驶人就消失在了拐弯处——这是人们最后一次看到小提琴手保罗。

那天晚上，这几条爱斯基摩狗孤零零地各自回到了嘎力堡。它们的身上溅满了冻结的血迹，还有好几处严重的伤口。但是说来奇怪，它们看去上个个好像吃得都挺饱。

有人顺着它们回来的路线跑去，捡回了那些包裹——它们原封未动地躺在冰面上。爬犁的碎片在河流的上游散落着，离包裹不远的地方有些细细的布条，原来那是保罗的衣服。

看过现场之后，人们认为这些狗谋杀并吃掉了它们的驾驶人。

这件事情令公司代理商的情绪极其激动，这有可能会让他损失掉自己的狗。他不愿相信人们的猜测，亲自动身前去仔细排查证据。雷诺德被他选中随同前往，在他们走到距离命案发生地三英里的地方，雷诺德就发现了一串从河东岸走向河西岸的特大脚印，这串脚印正好停步在狗爬

犁的后面。他顺着脚印在东河岸往回走了一英里多路，注意到脚印行进的方式是狗走它就走，狗跑它就跑，不等看一眼公司代理商，雷诺德便说道："是一头大狼——它一直跟着爬犁。"

这时，他们跟踪着脚印穿过河面来到了西岸。在基尔道南森林上方两英里处，那头狼停止了飞奔，到爬犁驶过的路线上跟了几码，然后又返回了森林。

"保罗在这里扔掉过什么东西，大概是包裹吧，那头狼过来闻了闻。这时候，他知道了，那就是扎伤过它脑袋的醉鬼保罗，所以就跟了上去。"

那头狼跟在爬犁后面在冰面上飞奔了一英里远。这时，人的足迹不见了，因为驾驶人跳上了爬犁，开始猛抽狗儿们快跑。为了跑得更快，他割断包裹的绳子，这就是东西在冰面上散落得到处都是的原因。瞧瞧，狗儿们在猛抽之下跑得多么快啊。那掉在雪地上的是小提琴手的刀子，一定是他试图用刀子来对付狼的时候掉落的。忽然，狼的脚印不见了，可爬犁的轨迹显示它还在继续飞速前进，狼应该是跳上了爬犁。诚惶诚恐的狗儿们不断加快速度，但是，就在它们身后的爬犁上，狼与人的战争已经开始了。不大一会儿的工夫，狼和人双双滚下了爬犁，狼的足迹重又出现在了东岸，赶往森林的方向。爬犁则拐向西岸，走了半英里后，撞到一个树根上，面目全非。

雪上的痕迹告诉雷诺德，那些套在挽具里的狗曾经互相厮打了一番，扯断了身上的挽具，然后在河流上游分道扬镳，小跑着朝家里奔去。它们曾在保罗的尸体旁又聚到了一起，狼吞虎咽地将他吃了个精光。

这些狗的确是够恶劣的，但还是洗脱了谋杀者的罪名。这无疑就是那头狼干的，而雷诺德在惊吓过后，则如释重负般地叹了一口气，并补充道："这就是狼干的。它把我的小姑娘从保罗那里救了出来。它对待孩子们总是很好的。"

五

由于这个原因，人们在小吉姆入土刚好两年后的圣诞节，安排了一次声势浩大的狩猎决战。看起来似乎是把整个地区所有的狗都集结到了一起。那三条爱斯基摩犬也在其中——公司代理商认为这是必须的——还有丹麦犬、追猎犬以及一大帮由农场看家狗和杂七杂八的狗组成的乌合之众。猎狗们花了一早上，把圣鲍尼菲斯东面的全部森林搅和了个遍，也没能找到那头狼。可是一个电话打了过来，说有人在城西的阿西尼伯恩森林附近看到了那头狼的踪迹。于是，一个小时后，猎捕队伍吵吵嚷嚷地出现在了温尼派格狼刚刚留下踪迹的地方。

他们循着踪迹走去，这是一群乱糟糟的狗和一伙穿着五颜六色衣服的骑马人，还有一帮子徒步而行的大人和男孩子。那头狼一点儿也不怕狗，但它知道带枪的人是危险的。那头狼朝阿西尼伯恩那黑漆漆的密林跑去，但是骑马的人可以从空地上绕过去，赶在前面把它堵回去。它又沿着考勒尼溪谷奔去，并借此躲开了那些飞啸而过的子弹。

接着，它向一道有钩刺的铁丝网栅栏跑去，随后钻了过去，一时间摆脱掉了那些骑马的人，不过也还是得必须待在子弹难以到达的溪谷里。这时候，狗追了上来。或许它求之不得的正是单独跟这些狗待在一起——它有十足的把握会胜出的。此刻，狗们将它团团围住了，但是没有一条胆敢靠近。一条瘦长的猎狗对自己的速度很有信心，终于从旁边跑了过去，接着就被那头狼拦腰咬了一口，倒在地上。骑在马上的人被迫在一旁保持着一定的距离，不过越来越多的人和狗正在跑过来加入这场战斗。

狼转身向屠宰场跑去，那是一个它常去的地方，它对那里很熟悉。由于房屋和狗都离得太近，人们停止了射击。现在猎狗足以对它形成合围，以阻碍它继续逃窜。它想找个安全的地方作为最后的立足点，随即看见一条水沟上面有座人行桥，便跳进了桥体，让这帮家伙无法近身。人们拿来木棒捣毁了这座桥。它只好跳了出来，知道自己是死到临头了，但它也还是准备着，只希望来一次有价值的战斗。于是，它平生第一次站立在了它所有仇敌的注视之下——这位行踪神秘的狗儿杀手、圣鲍尼菲斯森林那幽灵般叫声的主人、神奇的温尼派格狼。

六

最终，经过三年之久的周旋之后，它独自面对着四十条狗，还有狗后面那些持枪的人。然而，它毅然决然地直视着他们，就像那年冬季里的一天，我在树林中看到的一样。它

的嘴唇还是像过去那样噘着——只是紧绷绷的腰身有点儿起伏，但黄绿色的眼睛却持续放着光。狗儿们围上前去，领头的不是那几条从森林里跑出来的爱斯基摩大块头——它们显然是太知道这么做的后果了，于是七手八脚的混战开始了。那头狼发出低沉的咕噜声，狗朝它龇着牙，可是在刹那间就被狠狠甩了回去。它又一次独自挺立在那里，真是个冷酷而伟大的老强盗啊。群狗尝试了三次，三次都遭到重创。它们当中最勇敢的都已倒在了那头狼的左右。第一个倒下的就是那条斗牛犬。其余的狗现在都学聪明了，开始止步不前，信心大减。但是，狼那宽阔的胸脯上却还一直没有显现出一丝虚弱的迹象。终于等得不耐烦的狼向前迈了几步，这样一来，却给了那些拿枪的人动手的机会。三支来复枪响了起来，终于，那头狼倒在了雪地上，结束了它战斗的一生。

它做出了自己的选择。它的一生虽然短暂，但却经历丰富。它选择了自己的道路，一条崭新的道路。

有谁能够探察到这头狼的心灵？又有谁能够看清它动机的源泉？为何它竟然始终扎根在那个有着无尽磨难的地方？想必不是因为它无处可去吧，毕竟地域广袤无垠，食物无处不在，至少，远在塞尔科克的人就曾看见过它的身影。它之所以留在这里想必也是为了复仇，但没有哪种动物会为了寻找复仇的机会而放弃自己的一生，这种邪恶的心灵唯有在人类那里才会有。野兽更加向往的是和平。

温尼派格狼走了，关于它的记载也在失火的文法学校中不见了。但是直到今天,圣鲍尼菲斯教堂的司事还会信誓旦旦地说,在每一年圣诞节之夜的钟声中都能隐约地听见奇异而又伤悲的狼嚎,就在百步开外那树林茂密的墓地里, 他们就是在那儿安葬了那头狼的主人——小吉姆,那个在地球上唯一曾经用爱抚来满足过它的人。

白驯鹿传奇

一

荒凉、黑暗、深邃、寒冷的乌特罗旺德，是一小片长长的冰河地带，是地球上的一道裂缝，是高高的挪威山脉上的一条褶皱，海拔将近三千英尺。

乌特罗旺德的周围环绕着的森林带，向高处的峡谷延伸开来，在海拔一千英尺的花岗岩山丘的半腰时，有一个被树林包围着的小湖。周边灌木丛里有田�、云雀和雷鸟的叫声，但是，这些声音并不能传到很远的地方。所有深深的山谷都覆盖着大片的积雪，远处是白雪皑皑的山峰，它们高高耸起，层峦叠嶂，白光闪耀，一直朦朦胧胧、闪闪烁烁地向北延伸，托举着约顿巨人（北欧神话里的形象）之家，那是精灵们的家园，是冰河的家园，也是常年不化的积雪的家园。

每一处山谷的北坡都比南坡更频繁地受到北风的侵袭。在那里松树和云杉很久以前就不见了踪影，随之消失的是花楸树，而桦树和柳树也只在半山坡可以见到。这儿，除了蔓生植物和苔藓之外,什么都不生长。旷野本身呈现出泛着浅灰的绿色,那是一片辽阔的驯鹿苔藓,但在暖和一些的地方,大片的金发藓长成了橙色,而在阳光更充足一点儿的角落里则长着颜色更绿的草本植物。散落在各处的岩石有些像是娇嫩的紫丁香,但是每一块岩石的边边角角都覆盖着灰绿色的地衣,或是橙色的粉末状条纹以及黑色的美人斑,因而显得斑驳多样。这些岩石有着很强的保温能力,这使得它们每一块都被一小片带状喜热植物所包围,不然的话,这些植物也无法生活在如此之高的地方。矮小型白桦和柳树都生长在这里,拥抱着温和的岩石,就像一个法国老居民在冬季时节搂抱着他的炉子一般。白桦和柳树们的枝条在岩石上伸展开去，而不是伸向寒冷的空中。一英尺外,可以看到一片更加耐寒的带状低矮灌木丛,再远一些就更加寒冷了，那里没有别的东西可以生长,只有十分耐寒的灰绿色驯鹿苔藓。尽管此时已是六月,可山谷中依然有很多积雪。不过,每一座山谷中的冰雪都正在慢慢融化,流入湖水之中。这些冰雪覆盖的区域显现不出任何生命的迹象,甚至显现不出“红雪”(由于其中含有微型红色藻类而呈现出红色)的成分,环绕其四周的是一片狭长的不毛之地,这证实着生命与温暖从来就不能分离。

不见飞鸟,无声无息,灰绿色的层层荒雪原野绵延覆盖着林木线和雪线之间的所有区域,在此之上的区域始终处于冬季。越往北,林木线和雪线便会越低,直到林木线低到海平面的高度。所有那些无树地带在东半球都被称作冻原，在西半球则被称为不毛之地，而这里却处处都是驯鹿的家——驯鹿苔藓的王国。

二

当瓦丝茆——驯鹿群的母鹿头领走过春天的湖堤时，那个精灵在飞来飞去，时而游出水面，时而潜入水中，还在唱着："干杯！干杯！为古老的挪威干杯！一只白色的驯鹿，那是挪威的好运！"仿佛那歌者天生就具有特别的洞察力。

当老斯威古姆在正好位于乌特罗旺德上方的豪伊夫杰尔德低地建造旺德水坝，并在此安营扎寨时，他以为自己拥有了这里的一切。可是，某个家伙却已在他之前就来到了这里。这个家伙在涌动的溪水里上下飞溅，吟唱着它自己编出的适宜歌曲。它在水车的刮板上一个接一个地跳跃着，做着许多斯威古姆唯有凭借运气才能搞定的事情——不论它是什么事情。有人说斯威古姆的运气就是那个水车巨人——一个水精灵，穿着棕色的外套，留着白色的胡须，或是住在陆地上，或是待在水里。

但是，斯威古姆的大多数邻居都只看见过佛斯卡尔——一只每年都要来到这里的小瀑布鸟，它不是在溪流边跳舞，就是潜到池水深处。也许两种说法都是对的，因为有些最年长的农夫将会告诉你，一个精灵巨人可以扮作人或是鸟的样子。仅有这一只鸟能做到，可以在这里活下来，而且还唱着在挪威从来没有人唱过的歌。它有着神奇的视觉，能够看见人类从来看不见的东西，因为它可以看到北欧鸫就在它的面前筑巢，旅鼠就在它的眼皮底下哺育幼崽。如苏莱町德大地上那人们几乎无法瞥见的灰暗斑点，在它眼里是一头脱了一半皮毛的驯鹿，而旺德水坝上那层绿色的粘泥则是美丽的绿色牧草。

哦，人类是那么有眼无珠，且让自己变得如此可憎！不过，佛斯卡尔却从不伤害谁，所以谁都不怕它。它只是一味地歌唱，它的歌声里有时混合着玩笑和预言，有时可能还带着一点儿嘲讽。

从白桦树穗状的顶端，佛斯卡尔能够注意到旺德水坝溪流一路穿过尼斯图恩村，消失在乌特罗旺德那阴沉的水面。要是飞得更高一些，它就能够看见那块贫瘠的高原一直绵延到了北面的约顿巨人之家。

此刻，正是伟大的复苏时节。春天已经来到了森林，山谷里处处是生命的阵阵悸动，新生的鸟儿正从南方飞来，冬眠的动物重又现身了，在低处森林过冬的驯鹿应该也很快就会再次出现在这片高原上了。

冰雪似乎还想继续占据拥有已久的地盘，一场冰雪与太阳之间的大战正在进行之中，但是太阳正不慌不忙地发挥威力，势在必得地赢得胜利，将冰雪统统赶回自己的约顿巨人之家。可在每个山谷和幽暗之处，冰雪会建立起又一个根据地，或是趁着夜色又偷偷地溜回来，但白天一出来，也只有遭受另一场战败的份儿了。许多花岗岩裂成了碎块，因此岩石内部的色泽显露了出来，在那点缀着旷野。太阳炙烤过的每个地方都能或多或少地看到这些，沿着苏莱町德斜坡散乱蔓延开去的就是一大片长达半英里长的岩石。但是且慢！这些岩石在动。噢，那不是岩石，而是活着的生物。

那些活着的生物相当随意地移动着，但却是朝着一个方向，全都逆风而行。它们掠过一座山谷，重新出现在很近的一道山脊上，簇拥在那里映衬着天空。我们留意一下它们那树杈般的犄角，便可知道它们是一群驯鹿。

这群驯鹿朝着我们这边移过来，像羊那样吃着草，嘴里还旁若无人似的咕哝着什么。每头驯鹿都找到了一个吃草点，站在那里直到把草啃个精光，然后才噼里啪啦地小跑着前去寻找另一处牧草。鹿群就这样不断变换着次序和队形，而有一头驯鹿总是处在最前面或是靠近最前面的位置。那就是身材高大、外形靓丽的瓦丝茆或者说是母鹿。不管鹿群的队形如何变化和伸展，它始终是在最前列，而且观察者很快就可看到是它在主导着队伍的总体行动——的确，它就是头领，甚至连那些长着又大又光滑犄角的大公鹿也都臣服于它。如果哪一个富有独立精神，表示要另立门户，那么很快它就会发现自己落入了孤家寡人的不适境地。

瓦丝茆一直率领着鹿群盘旋了一两个星期，它们沿着林木线而行，每天都朝更高的贫瘠高原地带挺进，那里的积雪正在消融，鹿蝇也被吹跑了。随着草场的向上攀升，它们每天也跟着到更高的山上去吃那些青草，落日之时再返回森林里的庇护之所，因为野生动物也像人一样惧怕夜间的寒风。但是现在,森林里到处都是鹿蝇,而岩石密布的山坡里足够暖和,可以作为夜间的露营地。

也许，身为一群动物的头领并未有意识地要为自己的领导地位而骄傲,可一旦没有了追随者,还是会产生一种不舒服的感觉。不过有些时候,和大伙待在一起的瓦丝茆也会寻找独处的机会。整个冬天,瓦丝茆又胖又健康,可现在却有些无精打采,低垂着头徘徊不前,任吃草的鹿群从它身旁走过。

有时,它站在那儿茫然地瞪着眼睛,竟忘记了挂在嘴边尚未咀嚼的一串苔藓,然后又突然回过神来,像先前那样继续走到鹿群的前列。可是,它心中离群独处的渴望变得越发强烈了。它转身向下走去,去找寻那片白桦林,但是整个队伍也跟着它转了身。它只好一动不动地站住,低垂着头。它们吃着草,咕噜着嘴从它身旁一一走过,留下它如尊雕塑般地映衬在山坡之上。当所有的鹿都走过后,它悄无声息地溜走了。每走几步,瓦丝茆就四处张望一下,装作吃草的样子,闻一闻地面,照看一下鹿群,扫视一眼山丘,接着,便动身朝下面的庇护林走去。

一次,在它仔细打量着河岸的时候,瓦丝茆看到另一头母驯鹿正独自心神不安地闲逛着。但是瓦丝茆并不希望同它做伴,它也不知道为什么,只是觉得自己必须找个地方躲起来。

瓦丝茆站在那里不动,直到那头母驯鹿走过去了,它才转向另一边,用更快的步伐走去。眼前出现了乌特罗旺德,

它沿着那条绕着老斯威古姆住所流向远方的小溪向前走去。走上水坝，它蹚过清澈的溪水，因为，通过流水可以把它和它所要躲避的东西隔开，这是野生动物常用来保护自己的一种本能反应。这时，在远处的堤岸上，是极不显眼的绿色，它扭过头去，在弯弯曲曲的树干中间忽隐忽现地走过，离开了喧闹的旺德水坝。不一会儿，它停了下来，远处的地势更高了，它左看右看，继续向前走了一小段，却又返了回来。这里到处都是柔滑的斑驳岩石，白桦树有少许的绿叶。它似乎有意休息一下，但却并没有休息，因为它在心神不宁地左顾右盼，驱赶着落在腿上的飞虫，根本没有注意到正在生长的青草，只是在想着如何藏起来避开这世上的一切。

但是，什么东西都逃不过佛斯卡尔的眼睛。它已经看见瓦丝茆离开了鹿群。这时，它站在一处悬垂着的耀眼岩石之上唱着歌，仿佛一直在等待着这一幕，以为这个国家的命运可能会因在这遥远峡谷里所发生的什么事情而重新开始。他唱道：

> 干杯！干杯！为挪威干杯！你曾吟唱着旺德水坝巨人之歌。而俺此时正携带着挪威的运气，骑着一头白色公驯鹿走来。

挪威并没有白鹿，然而一个小时之后，竟有头漂亮的白色小驯鹿躺在了瓦丝茆的身旁。瓦丝茆正用嘴巴拂拭着它的皮毛，舔舐着它，履行着母亲的职责，那么自豪和幸福，仿佛这是它生出的第一头小驯鹿。那个月，鹿群里大概有几百头小鹿降生，但可能没有一头小鹿如此特别，因为它浑身上下一片雪白。斑驳岩石上的歌者所唱的就是“好运，好运，有一头白色的驯鹿”，好像那个歌者清晰预见到了这个小家伙长成一头大驯鹿后将要扮演的角色。

但是现在，又一个奇迹发生了。又过了一会儿，第二头小鹿降生了——这次是一头棕色的，它看上去有些残弱。母鹿需要在这两个孩子中做出选择。两个小时后，瓦丝茆领着白色小鹿离开此地，就像并没有见到那头棕色小鹿一样。

这位母亲是明智的：一个健壮的孩子总比一个病弱的孩子要好。没过几天，母鹿再次领导起了鹿群的队伍，跑在它身旁的就是那头小白鹿。瓦丝茆为它考虑得面面俱到，以便它能跟得上队伍，这也让所有那些正带着幼鹿的妈妈都感到高兴。瓦丝茆高大、强壮而又聪明，为自己的力量深感自豪，而这头小白鹿正和它青春时期差不多。当妈妈带领着鹿群前行时，小白鹿经常跑在它的前头。一天，罗尔朝它们走来，看到它们从一旁经过时，他大笑了起来：老老少少、肥壮的母鹿和长着犄角的公鹿，还有那一大群棕色的鹿，看上去好像全都由一头小白鹿领导着。

它们就这样向高山上松散地移动着，准备去那里度过整个夏天。“精灵们会教它们怎么做的，那些精灵就住在冰面上，那地方有只黑色潜鸟，鸣叫时就像是大笑一般。”谷底的李夫这样说道。而一直生活在驯鹿群中间的斯威古姆却说:“它们的妈妈就是老师,甚至就像我们的妈妈一样。”

秋季来临时, 老斯威古姆看到远处棕色的荒原上有一团正在移动的雪片,而佛斯卡尔看到的却是一头一岁大的白色小鹿。当它们排成一列在乌特罗旺德水坝边饮水时,那一大片静止的水面上映照出的似乎完全是那头白色小鹿,尽管在鹿群中间它其实并不大起眼。

那年春季,有不少小鹿降生,它们都曾试图朝苔藓荒漠上靠近,从此再也没有回来。因为,其中有些太虚弱,有些太愚蠢,还有些是倒在了半路上。这就是现实规律,有些小鹿不吸取教训,所以只好死去。但小白鹿是其中最强壮的一个,它也很聪明,还常常跟妈妈学习,而它的妈妈又是鹿群中最富有智慧的。它懂得了长在岩石阳面的青草才是甘美的,虽然生长在阴暗山谷里的青草看起来跟它们一模一样,可吃起来却逊色很多。小白鹿懂得了,当妈妈的蹄子噼里啪啦地响起来的时候,它必须抬头跟上去,当所有鹿蹄都噼里啪啦地响起时,那就意味着有了危险,它必须紧跟在妈妈的身旁。这种噼里啪啦声就像是啸鸭翅膀发出的唿哨,意思是让同伴们相互靠拢。小白鹿懂得了,矮树上挂着棉絮的地方是危险的沼泽; 雷鸟一旦发出刺耳的咯咯叫声,则意味着老鹰已近在咫尺。它还懂得了,那种小巨怪浆果是致命的,而当飞虫来叮咬时,就必须跑到雪地上去避难。所有动物的气味都可能存在危险,只有它妈妈身上的那种气味才是可以充分信赖的。它意识到,自己正在长大。因为头上已经长出了可以赢得战斗的锋利、坚硬的鹿角了。

它们不止一次地闻到了北方那可怕的毁灭者的气息，人们称之为狼獾。一天，当这种危险的气味突然而至，并携带着一股强劲的力量时，只见一团巨大的深棕色东西从岩脊上轰然跃起，直奔最前头的小白鹿而来。小白鹿看到了那团深棕色的东西，那是一个毛发蓬乱的大块头，牙齿和眼睛都寒光闪闪，呼哧着热气，凶残无比的样子。魂飞魄散的小白鹿寒毛倒立，吓得鼻孔一个劲地翕动着。然而，就在它要逃走之前，内心又油然生出了另一种情感——一种对打破它安宁生活的愤怒之情，这种愤怒将其全部恐惧一扫而光。它双腿牢牢扎在地上，准备好犄角来应对攻击。那个棕色的残忍家伙自胸膛深处发出一声吼叫，撞了上去，小白鹿用尖尖的犄角迎接了它。鹿角深深地刺中了它，可撞击实在是太猛烈了，将小白鹿反弹了回来，要不是它的妈妈一直警觉地待在附近，得以立即冲上去袭击那个怪物的话，恐怕它就已经没命了。它妈妈的犄角更锋利，它猛地一刺，将敌人刺穿在了地面上。小白鹿那曾经温柔的眼睛里蓦地放射出恶魔般的光，它也发起了攻击。甚至在狼獾已经倒地，它的妈妈已经退到一边吃草去了之后，小白鹿还要走上前去，鼻孔里发出愤怒的声音，将它的犄角刺进那可恨家伙的身体里，直到它那雪白的头颅被对手的鲜血弄得污迹斑斑才肯罢休。

就这样，它那公牛一般平和的外表之下显示出一头斗兽的本相来。它就像北方人那样，粗犷、敦实、平和，不易动

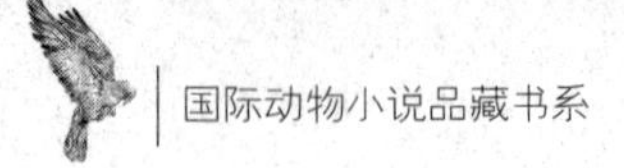

怒，除非是招惹到它。

当它们列队聚集在那年秋天的湖边时，佛斯卡尔又唱起了它那首老歌：

> 而俺此时正携带着挪威的运气，骑着一头白色公驯鹿走来、走来。

佛斯卡尔唱完歌，随即便消失在无人知晓的地方。老斯威古姆曾经看见它飞越溪水，就像鸟儿飞越天空那样；它还在深深的池塘底漫步，如同一只在岩石上漫步的雷鸟，过着独一无二的生活。现在，这位老人说它只不过飞到南方过冬去了。但是，老斯威古姆既不会读也不会写，他又是如何知道的呢？

三

每年春天，当驯鹿经过斯威古姆的磨房的时候，它们这是准备从低地的森林移往乌特罗旺德更为阴冷的堤岸，佛斯卡尔就是在那儿唱着白驯鹿的歌，那头白驯鹿变得愈发是名副其实的头领了。

第一年春天，它仅比一只野兔稍高一点儿。当秋天来临，它来到坝边饮水的时候，它的脊背已经高过斯威古姆屋旁的那块岩石了。第二年，它几乎无法从长不高的白桦树下通过了。到了第三年，站在斑驳岩石上的佛斯卡尔已是仰望而非俯视着它了。正是秋季，罗尔和斯威古姆在豪

伊夫杰尔德把半野生的鹿群赶到了一起，想挑选出几头最强壮的来拉雪橇。毫无疑问白驯鹿被挑中了，它比其他驯鹿更高，更重，更加雪白，还有一道如浅流般延展着的鬃毛，它的胸脯长得跟马很相像，犄角宛如在暴风雨里长大的橡树，它是鹿中之王。

有两种驯鹿师，就像有两种驯马人一样：一种是驯服和调教动物，结果得到一个勇猛、友好的帮手；一种则只为制服它的野性，结果只能得到一个闷闷不乐的奴隶——时刻准备着反抗，发泄它的仇恨。很多拉普人和挪威人因为残忍对待自己的驯鹿，以致付出了生命的代价，罗尔就因他的驯鹿而断了命。然而，斯威古姆则属于温和的那种，于是训练白驯鹿的差事就落在了他的头上。工作进行得十分缓慢，因为公鹿憎恨一切人为的干预，就像他憎恨自己兄弟们的越权一样。但慈爱才是能够驯服它的力量，并且，当它学会了服从，明白了雪橇比赛的荣耀时，它就会拼命去争取的。人们可以看到这头眼神温柔的白色野兽正大踏步地走向乌特罗旺德辽阔的雪原，鼻孔里喷射着热气，雪花在雪橇前面飞旋而起，恰似气船的船头卷起层层波浪，雪橇、驾驶人以及驯鹿全在一片飞逝的白色中变得模糊不清。

圣诞之际的集市接着就到了，期间有冰上比赛，乌特罗旺德一下子就欢快了起来。沉闷的山间到处回荡起愉快的叫喊声。驯鹿比赛首当其冲，罗尔本人带着它那头拉雪橇跑得最迅捷的驯鹿来到了赛场，那是一头高大、深色的五岁驯鹿，正值青春的旺盛期。可是由于罗尔太希望获胜，他不停地驱赶着这个愤怒而又出众的奴隶，一直持续到一半的赛程——在某种程度上就要获胜的时候——一记凶残鞭打之下的驯鹿突然转过身来，罗尔只好躲到翻了个儿的雪橇下面避难，一直等到那头鹿对着雪橇发泄完愤怒为止。他因此输掉了比赛，获胜者是那头年轻的白驯鹿斯道布克。接着，它又赢得了五英里环湖比赛的胜利。每次胜利，斯威古姆都会在他的挽具上挂上一个小银铃，以便斯道布克此刻跑起来会想到之前的获胜经历。

接下来是赛马，这些马那才叫快跑，驯鹿那只是小跑。当巴尔德尔——那匹获胜的马在接受缎带，而它的主人在接受奖金时，斯威古姆手里拿着他所有的奖金走上前去，说道："嗨，拉斯，你的马是匹好马，可我的鹿是头更出色的公驯鹿！咱们把奖金搁一块儿，来场比赛，它俩谁赢了，奖金就全部归谁吧。"

一头驯鹿对一匹赛马——这样一场比赛迄今为止还从未见过。发令枪响之后，它们都飞速离去。"嗨，巴尔德尔！嗨，巴尔德尔！"那匹马像子弹般射去，而那头公驯鹿则以缓慢的小跑跨着步子，被甩在了后面。

"嗨，巴尔德尔！""嘿，斯道布克！"马儿向前跃去，并不断拉大与那头驯鹿的距离，人们欢呼一片！但是，那匹马在起跑时就用了最快的速度；而斯道布克则是在冲刺的时候提速——更快了，更快了。飞跑了一英里之后，差距开始缩小。小马在一开始起跑就用力过猛，而公驯鹿则是在进行着热身——它匀速跨步，十分迅捷，然而却是越来越快；斯

威古姆同时也在大声鼓励着它:"嗨,斯道布克!好一个斯道布克!"到了拐弯处,这对选手已是齐头并进了。此时,虽然小马状态不错,蹄铁在冰上滑行起来,可此后好像是因为害怕而犹豫退缩起来。于是,斯道布克便开始加快速度了。当豪伊夫杰尔德每个人的喉咙里都发出一阵狂呼,宣告斯道布克已经过线赢得了比赛时,小马和它的驾驶人还远远地落在后面哩。然而这个时候,这头白色驯鹿的力量和速度都尚未达到巅峰状态呢。

那天,罗尔也曾企图驾驭斯道布克。它们出发时的速度很不错,白驯鹿时刻准备着,去回应每一次缰绳的指示,它那温柔的眼睛被低垂的睫毛遮挡住了。但是,一向残忍的罗尔打了白驯鹿。片刻之后,事情就发生了变化。斯道布克停了下来,耷拉着的眼睑抬了起来,眼珠子转动着——此刻,里面射出了一道绿光。它的每个鼻孔都喷出了三股气流。罗尔高声叫喊着,这时,他嗅出了危险的气息,便赶忙翻过雪橇,藏到了下面。公驯鹿转身攻向雪橇,喘着粗气,用蹄子扬着积雪。但是,斯威古姆的儿子小克努特跑上前来,用胳膊搂住了公驯鹿的脖子。随即,这头驯鹿眼睛里凶巴巴的气势便消失了,这个孩子领着它静静地回到了起跑点。

白驯鹿斯道布克就这样来到了豪伊夫杰尔德的老百姓们中间。

在随后的两年里,它作为斯威古姆的斯道布克而名扬乡里,关于它的那许多奇功伟绩被人们津津乐道着。在二十分钟内，白驯鹿能拉着老斯威古姆绕行乌特罗旺德六英里。当雪崩掩埋了整个好来客村庄时，是斯道布克把求救的消息带到了奥普达尔斯托尔，并于七个小时内又在深雪中走了四十多英里赶了回来，带来了白兰地、食物和紧急援助的答复。

当冒险过头的小家伙克努特·斯威古姆踏破了乌特罗旺德刚刚冻上的薄冰时，他救命的呼声招来了斯道布克。因为，它是同类当中性情最温和的一个，总是准备着随叫随到。

它成功地把落水的男孩拖上了岸，当他们穿过旺德大坝的溪流时，那里的大鸟唱道：

好运气，好运气，和这头白色公驯鹿在一起就有好运气。

此后，白驯鹿消失了数月——无疑是潜入水下的洞穴里赴宴去了，狂吃豪饮了一整个冬天。不过，斯威古姆却不这样认为。

四

有多少次，王国的命运被交付到了孩童的手里，甚至是被托付给了鸟兽！曾经，一头母狼哺育了罗马帝国；一只鹪鹩啄食鼓面上的面包屑，唤起了奥兰治世家的部队，据说，就此结束了斯图亚特王朝在英国的统治。这没啥可惊奇的，接着，挪威的命运就会托付给一头高贵的公驯鹿了：那只神奇的鸟儿佛斯卡尔已经在它的歌中预测到了。

这时的斯堪的纳维亚半岛正逢乱世。邪恶的人们，彻头彻尾的叛徒，挪威和瑞典两国之间出现了争端。“打倒联邦！”正变成流行的口号。

哦，愚蠢的民族！要是你们到过斯威古姆的水车旁，听到过那只鸟儿的歌唱就好了：

> 乌鸦和狮子，它们把熊逼得走投无路；可熊趁机拿走了它俩的骨头，这时它们便在路旁争吵了起来。

内战爆发了，这是一场争取独立的战斗，这消息传遍了挪威。会议或多或少都是在秘密地召开着，每次参会的都是些口袋鼓鼓、巧舌如簧的人，他们夸大着国家的不公，并保证一旦人们愿意为自由而战，就会得到不可阻挡的外部力量的援助。可没有人公开说出这外部力量的名目。没那个必要，因为这是人人都知道的。那些真正的爱国者也开始相信这种说法了。他们的国家是不公正的，这是一次让国家变得更好的机会。那些名誉清清白白的人变成了这一力量的秘密代理人。国家已是千疮百孔，体无完肤，社会成了一团乱麻。国王很无助，虽然他唯一的愿望就是让人民幸福安康。诚实而又正直的国王对于这种阴谋诡计又能做些什么呢？他身边那些真正的顾问已经被错误的爱国主义腐化了。这些上当受骗的人们心里压根就没有想到他们正在干着让外国人坐收渔利的事情——至少，成群结队的他们是从没有想到这点的。这伙人的头头是鲍尔格瑞文克，斯堪的纳维亚地区的前任长官，一个具有非凡天赋的人，挪威议会的议员，一个天生的领袖人物。很久以前，要不是因为几次不道德的行为激起了大家的不信任，他可能就已经当上了首相哩。在这整个阴谋里，他也许是独自一人在预谋着打击联邦，为外国人谋取利益。

计划日趋尽善尽美。鲍尔格瑞文克继续参加所有的会议，但是更为小心地将所有权力于集中一身，为了更大的野心，如果有必要，他甚至准备转向国王一伙。出卖他的追随者可以保证他自身的安全无忧。但是他必须得有证据，他开始着手搜集一份权利宣言的签名，那其实不过是一份伪装好的叛国供词。很多领导人受骗在莱厄斯达尔索伦会议之前签了名。初冬，他们在这里集会，有二十几位爱国人士，其中有些人身居要职，他们个个精明能干。就在这儿，在一间封闭沉闷的会客室里，他们计划着、讨论着、质疑着。在这个炉火正旺的屋子里，他们表达着伟大的期望，预想着伟大的行动。

也是在这个冬夜，在屋外靠着栅栏的是一头伟大的白色驯鹿，它被套在雪橇上，但却卧倒在地，头朝后贴着脊背，好像是睡着了，平静、无虑，像头牛一样。哪一方看起来更有可能决定这个国家的命运呢？是屋内极其热诚的思考者，还是屋外这牛一样的熟睡者？

在莱厄斯达尔索伦，一切如前：大家都被鲍尔格瑞文克滔滔不绝的能言善辩所欺骗，统统把他们的身家性命交到了他的手里，把这个奸诈的魔鬼看成了一个为爱国而自我牺牲的真正天使。所有的人都这样吗？不，根本不是。老斯威古姆就在那里，他既不会读也不会写，这就是他不签名的借口。虽然他目不识丁，但却能读懂人的内心。散会时，他小声问阿克塞尔·坦伯格："那份文件上签了他自己的名字没有？"阿克塞尔愣了一下，答道："没有。"斯威古姆随即说道："我不信任那个人，尼斯图恩的人们得知道这个事。"因为那里即将召开一个真正重要的会议。但是如何才能让那里的人们知道呢？鲍尔格瑞文克将立即乘上他的快马赶赴那里。

斯威古姆朝拴在栅栏上的斯道布克点了点头，又眨了眨眼睛。鲍尔格瑞文克是个精力充沛的人，开完会就跳上雪橇，全速离去了。斯威古姆则从挽具上取下铃铛，解开驯鹿，走进了船型雪橇里。他摇晃着那根缰绳，对斯道布克吆喝着，也调头朝尼斯图恩方向驶去。那些快马已经出发很久了，但在他们翻过东山之前，斯威古姆还必须得放慢速度，以便不被他们发现。他控制着前进的速度，直至他们来到马瑞斯图恩森林上方的拐弯处。这时，他离开大路，上了河滩，让那头公鹿加快了速度，那条路更远些，但这是唯一能赶到他们前面去的路。

"吱吱，咔吱吱，咔吱吱，咔咔——"斯道布克大踏步的时候发出富有节奏的声音，当它经过哈当杰峡湾时，那平稳的呼吸声如同是行进在斯堪的纳维亚地区一样。在高处那平坦的大路上，可以听到马铃的叮当声和鲍尔格瑞文克的叫喊声，他正遵照命令奋力赶往尼斯图恩。

公路是一条近道，而且很平坦，河谷则绕得很远，还崎岖难行。但是，四个小时后，当鲍尔格瑞文克到达尼斯图恩时，他在那里的人群中发现了斯威古姆。鲍尔格瑞文克假装没有注意，其实什么也逃不过他的眼睛。

在尼斯图恩，没有一个人签名。显然，有人已经告诉过他们真相了。他想了想，觉得斯威古姆的可能性最大，这个老笨蛋，在莱厄斯达尔索伦连自己的名字都不会写。可他是怎么先于乘着快马的自己来到这里的呢？

那天晚上，尼斯图恩有一场舞会，舞会对于蒙蔽群众的心智来说是必要的。舞会上，鲍尔格瑞文克得知了神奇的白驯鹿的存在。

鲍尔格瑞文克的尼斯图恩之行失败了，多亏了白色公驯鹿的神速。鲍尔格瑞文克必须要赶在这个消息散布开之前到达柏根，否则一切就都得完蛋。只有一个办法，那就是鲍尔格瑞文克要确保在其他人的前面到达那里。也可能消息已经从莱厄斯达尔索伦传过去了，但是即便如此，鲍尔格瑞文克也能够赶到那里挽救自己，只要他能和那头白驯鹿一同前往。他不是那种关键时刻轻言放弃的人，然而这次他得想尽一切办法来让老斯威古姆跟他跑一趟了。

当斯威古姆来牵白驯鹿的时候，它正在畜栏里安睡。它不慌不忙地站了起来，先是伸了伸后腿，伸展了一下身子，

然后伸开前腿；同时，又卷起尾巴紧紧贴在后背上，抖落大鹿角上的干草，仿佛那鹿角是一束小树枝。它缓慢地走在斯威古姆的身后，它是那么困倦不堪和磨磨蹭蹭，以至于鲍尔格瑞文克很不耐烦地给了它一脚，公鹿报以一声短促的响鼻。挽具上叮当作响的铃铛被原样挂了上去，可鲍尔格瑞文克却想要把它们摘下来，他希望悄无声息地前往。斯威古姆不放心白驯鹿，于是他被安排坐在紧随其后的马拉雪橇上。

这时，鲍尔格瑞文克身上揣着可导致一大批善良的人士走向死亡劫难的重要文件，他还心怀险恶的意图，并把挪威的命运攥在自己的手里。鲍尔格瑞文克在那头白色公驯鹿后面的雪橇里安稳下来后，于黎明时分，带着他那要毁灭一切的使命迅速向前奔去。

正如斯威古姆所言，白驯鹿出发时的连步跳将鲍尔格瑞文克抛到了雪橇的后部。这让他很生气，但当看到这样可以把马拉雪橇甩在了后面时，他便咽下了那口怒气。他晃动着缰绳、叫喊着，公鹿继续一路摇摇晃晃地向前跑去。它那宽大的四蹄每跨一大步便发出“咔嗒”的两声。在行进中，它的鼻孔向外喷出阵阵蒸气一样的气流。橇头在地上剪出两道长长的雪痕，雪花飞旋在人和雪橇身上，眼前变成了不辨彼此的一团白色的海洋。随着马铃的声音在后面远远地沉寂下去，白驯鹿的眼睛中闪烁着快乐的光芒。

甚至连专横的鲍尔格瑞文克也不禁对这头高贵的动物心生喜爱了，昨天它还碍着自己的事，现在却正借助它的神速来达到自己的目的。

他们疾速驶上高坡，就像是下山一样，这位驾驶人的精神也随着这令人振奋的速度而高涨起来。橇头之下的积雪不停地飞舞着，驯鹿飞蹄下冰冻的地面发出的嘎吱声就像是巨齿在紧咬。当他们在清晨飞驰而过时，小卡尔碰巧从窗户瞥见了这一幕，他看见那巨大的白驯鹿套在一辆白色的雪橇里，雪橇上有一个白色的驾驶人，就像是巨人故事中的场景。他拍着手，嚷道："真好，真好！"

不过，当小卡尔的祖父看见那白驯鹿竟然没有带铃铛时，心中立即感到一阵寒战。他转回身去点亮了一根蜡烛，为的是确定这就是约顿巨人之家的斯道布克。

而驯鹿依然在继续飞奔，驾驭人摇晃着缰绳，一心想着赶快往前走。他用缰绳松松的一端抽打着骏马一般的白驯鹿。白驯鹿喷出巨大的三声响鼻，来了三下极高的跳跃，然后跑得更快了。当他们经过迪尔斯考尔时，天气突然变化，暴风雪就要来临。斯道布克明白这一点，它嗅了嗅，带着不安的眼神看了看天空，竟然开始有点儿懈怠起来。虽然没有谁能像这头飞奔的野兽跑得那样快，可鲍尔格瑞文克还是在朝着它大喊大叫。他一次、两次、三次地抽打着驯鹿，一次比一次更用力。于是，雪橇就像小艇一样飞奔而去。不过此刻，白驯鹿已经有些生气，鲍尔格瑞文克很难平衡住雪橇了。当斯威古姆桥出现在眼前时，暴风雪开始肆虐，然而那个巨大的鸟儿却出现了。它打哪儿来，无人知晓，反正它就在这里，跳上了拱顶石，唱着"挪威的命运和运气，来自那巨人的掩藏和公鹿的坐骑”。

他们驶向那蜿蜒的公路，当他们在拐角晃过时，开始向内转弯。听到桥上的歌声，这头鹿竖起了耳朵，放慢了步伐。鲍尔格瑞文克不知道这声音是从哪儿来的，他野蛮地抽打着驯鹿。红光在驯鹿那双牛一样的眼睛里闪耀着，它愤怒地喷着响鼻，晃动着那巨大的犄角，不过并没有停下来对鞭打进行报复，因为它还有着更大的复仇计划。它继续像先前那样快跑，但是从这一刻起，鲍尔格瑞文克已经完全失去了控制。在要到达那座桥之前，他们开始朝一边飞旋，离开了大路。雪橇翻了，但是又正了过来，要不是有皮带绑着，鲍尔格瑞文克就会被甩出去，没了命。一身擦伤和撞伤的鲍尔格瑞文克还在雪橇上。桥上那个巨大的鸟儿轻轻地跳到了斯道布克的头顶，抓着鹿角，一边跳起舞蹈，一边又唱起了那首古老的歌，也是一首新歌：

啊，终于到来了！哦，幸运的一天！

鲍尔格瑞文克既恐惧又愤怒。当斯道布克跳上更加崎岖的雪地上时，他更加用力地抽打着白驯鹿，徒劳地试图控制住它。恐惧中的鲍尔格瑞文克不知所措。最后，他掏出刀子，刺向这头狂野公鹿的后腿肌腱，但是，驯鹿一蹄子便踢飞了他手里的刀子。他们行进的速度慢了下来，变成现在这个样子：驯鹿不再大踏步地小跑了，而是疯狂地跳跃着，一跳就是五大步远，可怜的鲍尔格瑞文克被皮带绑在雪橇上，一个人在尖叫着、诅咒着、祷告着，孤立又无援。公驯鹿瞪着一双充血的眼睛，疯狂地喘着粗气，全速向上攀登着坎坷不平的高坡，冲向坑坑洼洼、充满暴风雪的豪伊夫杰尔德。它攀爬着山坡，就像一只海燕越过被风卷起的波涛；它掠过平地，又像是一只南极的大海鸟掠过岸边。它追随着妈妈第一次领它到这里时留下的蹒跚足迹，从旺德大坝的角落走向这里。

它继续飞奔着，像是暴风中飞舞的小小雪花；它继续飞奔着，像是吹过苏莱町德肩膀、陶豪尔门伯瑞膝头的一阵旋风。快得是人或兽都赶不上啊，向上——向上——向上——一路向前，没有人看见他们的去向。接着，大鸟——那个曾在旺德水坝边唱歌的大鸟，此刻又在鹿角之间载歌载舞起来：

好运，挪威的好运随着白色公驯鹿的到来而来。

他们越过特温德豪格，像飞云一般消失于沼泽地之上，向着那昏暗的远方，奔向约顿巨人之家，那是邪恶精灵的家园，是终年冰雪覆盖之地。他们的每一处足迹，都被吹过的暴风雪扫除得一干二净，他们的结局无人知晓。

挪威的老百姓像是从可怕的梦魇中醒来。国家逃脱了毁灭的命运，搬弄是非者的嘴仗也结束了。

那次白驯鹿的神秘之行留存在这世上的一个记号，就是斯威古姆从白色公驯鹿脖子上摘下来的那一串银铃——

胜利之铃,每一个都是一次胜利的记录。当这位老人渐渐明白了是怎么一回事时,他叹了口气,又给这串银铃挂上最后一个,也是其中最大的一个铃铛。

再没有人见过或听说过那个差点儿出卖了他的国家的家伙,以及那头阻止他阴谋得逞的白色公驯鹿。然而,那些住在约顿巨人之家附近的人们说,在那些个暴风雪的夜晚,当大雪纷飞,狂风呼啸着穿过森林时,就会有什么东西以极快的速度经过,那是一头怒目圆睁的巨大白驯鹿,拉着一辆雪白的船型雪橇。雪橇上坐着一浑身雪白、不停尖叫的可怜虫。而在那头白鹿的头顶,在鹿角间摇摆着的,是一个棕衣白须的巨人,快活地冲着它又是鞠躬又是哂笑,同时还在唱着:

挪威的运气和一头白色公驯鹿啊……

他们说,这就是过去的某一天,在斯威古姆的旺德水坝边唱起预见未来之歌的那个巨大的鸟儿。当时,白桦树都有些泛绿了,一头眼神温柔的巨大母驯鹿独自来到这里,然后又和一头白色的小公驯鹿幼崽离开了,那头小鹿缓慢而又恬静地走在它的身旁。